クライブ・カッスラー、グラント・ブラックウッド

スパルタの黄金を探せ！ 上

ソフトバンク文庫

SPARTAN GOLD (vol.I)

by Clive Cussler with Grant Blackwood

Japanese translation published by arrangement with
Peter Lampack Agency, Inc.
551 Fifth Avenue, Suite 1613, New York, NY10176-0187 USA
through Tuttle-Mori Agency, Inc., Tokyo

主要登場人物

サム・ファーゴ……………………トレジャーハンター。元〈国防総省国防高等研究所〉（DARPA）のエンジニア

レミ・ファーゴ……………………トレジャーハンター。サムの妻。人類学、歴史学者

テッド・フロビッシャー……………骨董商

ハデオン・ボンダルク………………ウクライナ・マフィア

グリゴリー・アルキポフ
ヴィラディーミル・コルコフ　｝………ボンダルクの手下

ヴォルフガング・ミュラー…………元ドイツ海軍軍人

イヴェット・フルニエ-デマレ……モナコの富豪

ウンベルト・チプリアニ……………エルバ島の博物館員

カルミネ・ビアンコ…………………警察官

セルマ・ワンドラシュ………………ファーゴ財団調査チームのリーダー

ピーター・ジェフコート
ウェンディ・コーデン　｝…………同調査チームのスタッフ

ルービン（ルーブ）・ヘイウッド……CIA局員

プロローグ

ペンニン・アルプス、グラン・サン・ベルナール峠
一八〇〇年五月

一陣の風が吹きつけ、スティリエの名で知られる馬の脚に雪が渦を巻いた。馬は不安げに鼻を鳴らして山道を横へよけようとし、乗り手がチッチッと何度か舌を鳴らして落ち着かせた。フランス統領ナポレオン・ボナパルトは厚地の外套の襟（えり）を引き上げ、みぞれに目を細めた。東のほうに、モンブランの標高五〇〇〇メートルに迫るギザギザの輪郭がくっきりと見える。

彼は鞍上で前かがみになり、スティリエの首をぽんとたたいた。「いまよりはる

かにひどい状況をくぐり抜けてきたはずだぞ、友よ」

二年前のエジプト遠征中にナポレオンが手に入れたアラブ馬のスティリエは、ぬきんでて優秀な軍馬だったが、寒さと雪はこの馬の体質に合わない。砂漠で生まれ育ったスティリエが浴びなれているのは、氷ではなく砂なのだ。

ナポレオンは振り向いて、後ろでラバの列を御している近侍のコンスタンに合図を送った。コンスタンの後ろには曲がりくねった山道が何キロも続き、馬やラバや弾薬箱といっしょに四万の兵が続いていた。

コンスタンは先頭のラバの手綱をほどき、急いで前に進み出た。ナポレオンはスティリエの手綱を彼に渡すと、馬を下り、ひざまである深い雪に足を広げて踏ん張った。

「休ませてやれ」ナポレオンは言った。「またあの蹄鉄に悩まされているらしい」

「気をつけて見てみます、将軍」ナポレオンは本国では第一統領という称号のほうを好んだが、遠征時には将軍と呼ばれるほうが好きだ。彼は胸いっぱい空気を吸い、青い二角帽をしっかり頭に落ち着かせて、頭上にそびえる花崗岩のとがった頂の数々を見つめた。

「気持ちのいい日だな、コンスタン」

「将軍がそうおっしゃいますならば」と、近侍はうめくように言った。

ナポレオンは微笑を洩らした。彼に長年付き従ってきたコンスタンは、軽い皮肉が許される数少ない家臣のひとりだった。なんといってもコンスタンは老人だ。ナポレオンは胸のなかでつぶやいた。寒さが骨身にしみるのだろう。

ナポレオン・ボナパルトは身長こそ高くないが、力強い首と広い肩幅の持ち主だった。きりりとした口元と四角いあごの上に鷲鼻が鎮座し、相手を射抜くような灰色の目は周囲のものを――人でもなんでも――すべて的確に見抜いてのけそうだ。

「ローランから連絡は？」彼はコンスタンにたずねた。

「ありません、将軍」

師団長のアルノー・ローラン少将はナポレオンのもっとも信頼厚い指揮官のひとりで、親友のひとりでもあったが、前日に偵察任務を帯び、兵士の一団を率いて峠の奥深くへ踏みこんでいった。ここで敵に出くわす可能性はきわめて低いとはいえ、ナポレオンは、ありえない事態にそなえる必要をはるか昔に学んでいた。単なる思いこみで転覆の憂き目にあった偉大な男たちが、あまりに多すぎる。だが彼らにとって、ここでの最悪の敵は天候と地形だった。

標高二四六九メートルのグラン・サン・ベルナール峠は何世紀にもわたって、旅人たちが行き交う交差点の役目を果たしてきた。スイスとイタリアの国境にまたがるこの峠はペンニン・アルプスにあり、さまざまな軍勢がこの山を踏みしめてきた。紀元前三九〇年にローマを踏み潰しに向かったゴール（ガリア）人、紀元前二一七年に有名な戦象を率いたハンニバル、西暦八〇〇年に初代神聖ローマ帝国皇帝としてローマでの戴冠式から戻ってきたシャルルマーニュ（カール大帝）。

立派な軍勢だ、とナポレオンは胸のなかでつぶやいた。かのフランク王国を治めた小ピピンも、教皇ステファヌス三世に謁見するため七五三年にペンニン山脈を越えている。

ほかの王たちが偉人になりそこねた場所で、わたしは同じ轍（てつ）を踏みはしない。ナポレオンはそう自分に言い聞かせた。わたし以前にここを通った人々の見果てぬ夢をはるかに凌駕（りょうが）して、わが帝国は巨大になる。誰にもじゃまをさせはしない。軍隊にも、山脈にも――まして、成り上がりのオーストリアごときには。

一年前、ナポレオンとその軍団がエジプト征服にのりだしている最中、オーストリアは厚かましくも、カンポ・フォルミオ条約でフランスに併合されたイタリア領土を奪い返した。彼らの勝利はつかのまのものだ。年内のこんなに早いうちに攻撃を受けるとは予期していないだろうし、冬にペンニンの峠越えを試みる軍隊があるとは夢にも思うまい。当然のことだ。

ペンニン山脈には高くそびえる崖と曲がりくねった峡谷があり、一人旅の人間にはまさに悪夢のような地形だが、四万の軍隊にとってはなおさらだ。九月以降、この峠は深さ一〇メートルの雪に見舞われ、気温は氷点下まで下がる。男十人ぶんくらいの雪の吹きだまりが、いたるところで彼らとその馬を埋めようとする。いちばん日当たりのいい日にさえ、地面は午後のなかばまで霧におおわれる。なんの前触れもなしに暴風が吹き荒れることもしばしばで、おだやかな日が雪と氷の猛り狂う悪夢と化し、すぐ目の前も見えなくなる。なにより恐ろしいのは、雪崩だ。ときには八百メートルも幅のある大きな雪が轟音とともに山の斜面を転げ落ちてきて、その先にいた不運な人間をすべてのみこんでしまう。これまでのところ、ナポレオンの兵は容赦するのが適当と、神様は判断しているようだ。

彼はコンスタンに向き直った。「補給係の報告は?」

「こちらにございます、将軍」近侍が外套の内側からひと束の紙をとりだして、手渡すと、ナポレオンはその数字にざっと目を通した。

軍は自身の胃袋と戦っている――それが偽りのない状況だった。これまでに彼の手勢は、一万九千八百十七本のワインと一トンのチーズと八〇〇キロの肉を消費してきた。

　峠の前方、馬に乗った従者たちから叫び声があがった。「ローラン、ローランだ……！」

「やっと来たか」と、ナポレオンはつぶやいた。

　馬に乗った十二人の一団が吹雪のなかから姿を現わした。彼らは屈強の戦士であり、彼らの指揮官に劣らない最高の兵だ。前かがみにうずくまるような乗りかたをしている者はひとりもいない。全員がぴんと胸を張り、あごを高く持ち上げている。ローラン少将が馬を早駆けさせてナポレオンの前で止まり、敬礼してから馬を下りた。ナポレオンが彼を抱きしめてから後ろへ下がり、コンスタンに身ぶりをすると、コンスタンは急いで前に進み出て、ローランにブランデーの瓶を手渡した。ローランがぐっとひと口飲む。もうひと口飲んで、瓶を返した。

　ナポレオンが「報告を、友よ」と言った。

「一二、三キロ偵察してまいりました。敵の軍勢がいる気配はありません。標高が低くなると天候は改善し、雪も浅くなります。ここから先は楽になるばかりです」

「けっこう……まことにけっこう」

「ひとつ、興味深いことが」とローランは言い、ナポレオンのひじに手を置いて、彼をわきへ誘導した。「われわれはあるものを見つけました、将軍」

「では、そのあるものの素性を詳しく説明してくれないか？」

「直接その目でご覧いただいたほうがよろしいかと」

ナポレオンはローランの顔をしげしげと見た。期待の思いを包み隠すことなく目を輝かせている。ローランのことは、ともに十六歳のときにラ・フォール砲兵隊で中尉をつとめていたころから知っている。ローランに大げさな話をしたり興奮したりする癖はない。彼が見つけたものがなんであれ、そこには重要な意味があるのだ。

「どのくらい先だ？」と、ナポレオンはたずねた。

「馬で四時間ほど」

ナポレオンは空を見渡した。すでに午後もなかばだ。頂の向こうにひとすじの黒い雲が見えた。嵐が来る。「よかろう」と彼は言い、ローランの肩をぽんとたたいた。「夜明けとともに出かけよう」


ナポレオンは五時間眠って、朝の六時に起きた。夜明けまではまだかなり時間がある。朝食をとり、ポットの苦い紅茶を飲みながら、半旅団（デミ・ブリガード）の指揮官たちから前夜届いた報告書に目を通した。ローランが自隊を引き連れて七時前に到着し、彼らは出発した。一行は谷をくだり、ローランが前日踏みしめてきた道すじをたどっていった。

前夜の嵐では新雪はほとんど降らなかったものの、激しい風で新たな雪の吹きだまりが積み上がっていた——高くそびえる白い壁がナポレオンと馬上の人々の周囲に渓谷を形作っている。馬たちが空気中に蒸気を吐き出し、一歩進むごとに粉雪が高く舞い上がった。ナポレオンはスティリエの踏破能力を信頼してアラブ馬の自由にまかせ、そのあいだ魅入られたように雪の吹きだまりを見つめ、その正面が風の彫刻を受けて渦と螺旋を描いていくところを見つめた。

「ちょっと不気味ではありませんか、将軍?」と、ローランがたずねた。

「静かだ」ナポレオンはつぶやいた。「いまだかつて、これほどの静けさは経験したことがない」

「美しい」ローランが同意した。「そして危険です」

戦場のように、とナポレオンは胸のなかでつぶやいた。ジョゼフィーヌと眠るベッドのなかを別にすれば、ほかのどこより彼は戦場にくつろぎを感じた。大砲の轟音、マスケット銃の銃火、黒色火薬のにおい……ナポレオンはそのすべてを愛していた。何日かして、このいまいましい山脈を抜け出したら……。彼はそう胸のなかでつぶやき、微笑を洩らした。

前方で先頭の馬上から握りこぶしが持ち上がり、止まれの合図が出た。男が馬を下りて、太股(ふともも)まである深い雪を重い足どりで前進し、頭を後ろに傾けて雪の吹きだまりの壁を調べていくところをナポレオンは見守った。男は山道の曲がり目を回りこみ、姿を消した。

「あの男は何を探しているのだ?」ナポレオンはたずねた。

「夜明けは雪崩の起きやすい、もっとも危険な時間のひとつです」ローランが答えた。「風によって雪の上層は一夜にして貝殻のように硬くなり、いっぽう、下の粉雪はやわらかいまま。その貝殻に日が当たると、そこが解けはじめます。得られる警告は音だけであることも多い。神様が天上からお発しになる怒号のような」

数分後、先頭の男がふたたび山道へ姿を見せた。男はローランに危険なしの合図を送り、馬に乗って前進を再開した。

彼らはさらに二時間ほど進み、蛇のように曲がりくねった渓谷を山のふもとの丘に向かって下りていった。やがて灰色をしたギザギザの花崗岩と氷が織り成す、狭い峡谷が現われた。先頭の乗り手がふたたび止まれの合図を出して下馬をした。ローランも同じことをし、ナポレオンもそれに続いた。

ナポレオンは周囲を見まわした。「ここか?」

ローラン少将はいたずらっぽい微笑みを浮かべて「ここです、将軍」と言い、鞍からオイル・ランタンをはずした。「あとにお続きください」

ふたりは山道を歩きはじめ、前にいる六頭の馬のわきを通ると、乗り手たちは将軍に対し気をつけの姿勢をとった。ナポレオンは隊列の先頭にたどり着くまで兵士ひとりひとりに厳(おごそ)かなうなずきを送り、そのあとローランといっしょに足を止めた。何分か過ぎたところでひとりの兵――例の先頭の馬に乗っていた男――が、左側の岩の露出を回りこみ、雪をかき分けながら重い足どりで彼らのところへ向かってきた。

ローランが言った。「将軍、ペルティィエ軍曹のことはご記憶のことと思いますが」

「むろんだ」と、ナポレオンは答えた。「遠慮はいらん、ペルティィエ。案内を頼む」

ペルティィエは敬礼して、自分の鞍からひと巻きの縄をつかみ、山道をはずれた。胸の高さまである雪の吹きだまりに刻んできた道を、逆にたどっていく。彼の先導を受けて、一行は斜面を花崗岩の壁のふもとまで登り、そこを回ってさらにすこし進んでから、岩に縦に開いたくぼみの前で足を止めた。

「すばらしい場所ではないか、ローラン。何を見せてくれるのだ?」と、ナポレオンがたずねた。

ローランがペルティエにうなずきを送ると、軍曹はマスケット銃を頭上高く持ち上げて、岩に台尻をたたきつけた。ナポレオンの耳がとらえたのは木が石に激突する音ではなく、氷が砕ける音だった。ペルティエがさらに四回打ちつけると、岩の表面に垂直の裂け目が現われた。幅六〇センチ、高さは二メートルほどか。

ナポレオンはなかをのぞいてみたが、暗闇しか見えない。

「われわれの知るかぎり」ローランが言った。「この入口は、夏には低木の茂みと蔓草にふさがれています。冬は雪の吹きだまりにおおい隠されています。なかのどこかに湿り気の元があるのではないでしょうか。そう考えると、薄い氷の層ができているのも説明がつきます。たぶん、毎晩できるのでしょう」

「興味深い。これを見つけたのは？」

「わたしです、将軍」ペルティエが答えた。「馬に休憩をとらせようと立ち止まり、必要に駆られて、その……ええと、緊急の……」

「わかった、軍曹、先を続けろ」

「ええと、たぶん、ちょっと遠くへ行きすぎたのだと思います、将軍。事をすませ、岩に寄りかかって気を落ち着かせようとしたところ、後ろで氷がくずれました。すこしなかへ進んでみて、あれが見えるまではなんでもないと思っていたのですが……。しかし、ご自身の目でご覧いただきましょう、将軍」

ナポレオンはローランに向き直った。「おまえも、なかに入ったのか?」

「はい、将軍。わたし自身とペルティエ軍曹で。ほかには誰も入っておりません」

「わかった、ローラン、先導を頼む」

洞穴は入口から五、六メートル続いていた。進むにしたがって狭くなり、最後には体をかがめて歩くはめになった。そのトンネルがとつぜん大きく開け、ナポレオンは大きな洞窟のなかにいた。先に足を踏み入れていたローランとペルティエがわきへ寄って彼を通し、ランタンを持ち上げて、ちらちらまたたく黄色い灯火で壁を照らしだした。

氷の宮殿だ。広さは一五メートル×一八メートルくらい。壁と床が氷におおわれている。氷の厚みは一メートル近いところもあれば、灰色の岩のかすかな影が見えるくらい薄いところもあった。天井からきらきら光る鍾乳石がぶら下がり、地面の石筍(せきじゅん)と融けあうくらい低くまで垂れて、砂時計のような氷の彫刻を形作っている。壁や地面とちがい、天井の氷はでこぼこで、星降る夜空のようにランタンの光を反射している。洞窟の奥から水の滴(したた)る音が聞こえ、さらに奥から風のヒューヒューというかすかな音が聞こえた。

「すばらしい」ナポレオンがつぶやいた。

「ペルティエが入ってすぐ見つけたものがあります。お見せしましょう」ローランがそう言って、壁のほうへ向かった。ローランは床の上の物体をランタンで照らし、そこへナポレオンは歩いていった。その物体は盾だった。

高さ一・五メートル、幅五、六〇センチ。数字の8の字のような形をしている。材料は小枝。外をおおっている革には色あせた赤と黒の格子模様が見えた。

「古代のものだ」と、ナポレオンがつぶやいた。

「少なくとも二千年にはなると推測します」ローランが言った。「記憶は定かでありませんが、たしか、ゲロンと呼ばれるものかと。ペルシアの軽歩兵が使っていたものです」

「なんということだ(モン・デュー)……」

「これだけではないのです、将軍。こちらへ」

ローランは先に立って鍾乳石の柱の森をくねくね通り抜け、洞窟の奥の別のトンネルの入口へナポレオンを導いた。こんどの入口はおおよそ楕円形で、高さは一メートル二〇センチくらいだった。

ふたりの後ろでペルティエがひと巻きの縄を下に置き、ランタンの光を受けて片方の端を柱の底に結わえた。

「下りるのか?」ナポレオンがたずねた。「地獄へ?」

「きょうはちがいます、将軍」ローランが言った。「横断します」

ローランはトンネルのなかへランタンを向けた。一メートルくらい奥に氷の橋があった。幅は五〇センチほど。大きな裂け目の上を渡り、そのあとまた別のトンネルへ消えていく。

「渡ってみたのか?」ナポレオンがたずねた。

「とてもしっかりしています。氷の下は岩でして。それでも、絶対安全とは申せません」

ローランはまずナポレオンの腰に縄をしっかり巻きつけ、それから自分の腰にも巻きつけた。ペルティエが結わえた縄を最後にいちどぐっと引いてローランにうなずきを送ると、ローランは「足元にお気をつけください、将軍」と言って、トンネルのなかへ足を踏み入れた。ナポレオンはすこし待ってから、そのあとに続いた。

ふたりはそろそろと、すこしずつ裂け目を渡りはじめた。途中でナポレオンは横を見たが、見えるのは暗闇ばかりだ。半透明の青い氷の壁は斜めに傾いていて、どこへ続くともわからない。

最後に彼らは反対側へたどり着いた。次のジグザグのトンネルを五、六メートル進むと、また別の氷の洞窟があった。ひとつ目よりは小さいが、高い丸天井があった。ローランはランタンを前に突き出して洞窟の中央へ進み、氷におおわれた石筍のような一対の柱のそばに足を止めた。どちらも高さは四メートルくらい。先が平たく切断されている。

ナポレオンは足を踏み出して、片方に近づいた。そこで足を止めた。目を細める。石筍ではなく硬い氷の柱だ、と気がついた。彼は手のひらを当てて顔を近づけた。

金色の女の顔が見つめ返してきた。

1

現代
メリーランド州、ポコモク大湿原

サム・ファーゴはうずくまった姿勢から立ち上がり、ちらっと妻を見やった。彼女はじゅくじゅくする黒い泥に腰まで浸かっていた。胸まである明るい黄色の防水ズボンがつややかな鳶（とび）色の髪を引き立たせている。彼女は夫の視線を感じ、彼のほうを向いて口をすぼめ、頬から少量の髪を払った。「なにを見て笑っているの、ファーゴ?」と、彼女はたずねた。

彼女が初めて防水ズボンを着用したとき、サムは不用意に〈ゴートンズ〉（北米の代表的水産食品会社）のキャラクターの漁師みたいだとほのめかし、おかげで心の萎(な)えそうなひとにらみを食らった。あわてて〝セクシーな〟のひとことを付け足したが、ほとんど手遅れだった。

「きみさ」と、彼は答えた。「きれいだよ、ロングストリート」サムにかちんときたとき、レミは彼を苗字で呼ぶ。サムはかならずお返しに彼女の旧姓で応酬する。

彼女はひじまで泥にまみれた腕を持ち上げ、およそ控えめとは言えない笑みを浮かべて、「気は確か？　わたしの顔は蚊に食われた跡だらけだし、髪の毛は紙よりぺったんこのありさまよ」彼女があごを掻(か)くと、そこに少量の泥が残った。

「きみの魅力に拍車をかけるだけさ」

「嘘つき」

彼女の顔には憤慨の表情が浮かんでいたが、レミが無類の演技派なのをサムは心得ていた。何かを成し遂げようといったん心に決めたら、どんな困難があろうと思いとどまらせることはできない、強固な意志の持ち主でもあった。

「まあ」彼女は言った。「あなた自身もかなり颯爽(さっそう)としている点は、わたしも認めなくちゃね」

サムはぼろぼろのパナマ帽を彼女のほうに傾けてから作業に戻り、水に浮かんだ長い木から泥をすくい取った。収納箱の材料には使えるかもしれない、と彼は思った。

この三日、ふたりは湿地をすこしずつ進みながら、自分たちの努力が無駄骨でないことを証明してくれそうな手がかりを探していた。ふたりとも、見込みのある骨折りはいとわない。財宝探（トレジャーハンティング）しにはそれがつきものだ。だが、最後に獲物を捕まえられたほうがうれしいに決まっている。

今回の獲物はあいまいな伝説に基づくものだ。すぐ近くのチェサピークやデラウエアの湾には四千隻近い船が沈んでいると言われるが、ふたりの探している獲物があるのは地上だ。一カ月前、テッド・フロビッシャーというトレジャーハンター仲間から、興味深い由来を持つブローチが送られてきた。テッドはプリンセス・アンにある骨董屋に専念するために、最近引退したばかりだ。

西洋ナシのような形をした金と翡翠（ひすい）のブローチは、ヘンリエッタ・ブロンソンという当地の女性のものだったという。悪名高い無法者の〝パッティ〟ことマーサ（別名ルクレシア）・キャノンの犠牲になった最初のひとりだ。

伝説によれば、マーサ・キャノンは一八二〇年代に配下の悪党をしたがえてデラウェアとメリーランドの州境にある荒野を闊歩（かっぽ）しただけでなく、貧富の見境なく強盗と殺人をはたらいた屈強で残忍な女だったが、当時は〈ジョンソンズ・コーナーズ〉、今日では〈リライアンス〉と呼ばれている簡易宿泊所（ホステル）も経営していた。

　キャノンは旅人を自分の宿へ誘いこんで、食事と接待でもてなし、ベッドに引き入れたあと、深夜に殺害した。死体を地階に引きずり下ろして、値打ちのあるものを奪い、薪（まき）を束ねるように隅に死体を積み重ねていき、しかるべき数になったところでまとめて荷馬車で運び、近くの森へ埋めた。これも恐ろしい話だが、その後キャノンは、多くの人が彼女のもっとも極悪非道な犯罪と考えている行為をはたらいた。

　キャノンは地元の多くの歴史家が言う〝裏地下鉄道〟を造り、解放された南部の奴隷を誘拐し、宿にたくさんあった秘密の部屋と間に合わせの地下土牢に縛りつけて猿ぐつわを噛ませ、夜の闇にまぎれてこっそり〈キャノンの渡し場〉へ運び入れた。そこで彼らは売られ、ナンティコーク川からジョージア州の奴隷市場へ向かう船に乗せられた。

　一八二九年、キャノンの農場のひとつで畑を耕していたある労働者が、一部腐乱している死体をいくつか発見した。キャノンはただちに四件の殺人罪で起訴され、有罪判決を受けて禁固刑に処された。四年後、彼女は独房で死んだ。ヒ素を用いた自殺との見かたでおおかたの意見は一致している。

その後の何年かで、キャノンの犯罪と彼女の死は、ともに伝説と化した。彼女は監獄を脱出して九十代まで殺人と強盗を続けたというものから、彼女の亡霊はいまでもデルマーヴァ半島をさまよっていて、なにも知らない徒歩旅行者を待ち伏せているといった話まで。キャノンの略奪品——伝えられるところによれば、彼女はそのほんの一部しか使っていない——が回収されたことはなく、その点に異論を唱える者はほとんどいない。その財宝の価値は、現在なら十万ドルから四十万ドルと推定されている。

サムとレミの耳にももちろんパッティ・キャノンの財宝伝説は届いていたが、確かな手がかりがなかったため、〝いつか〟のファイルに綴じられていた。ヘンリエッタ・ブロンソンのブローチが出現し、探索を始めるための確かな資料が手に入った時点で、ふたりはこの謎に取り組むことを決意したのだ。

ポコモクの歴史地図を細部にわたって研究し、ブローチが見つかった場所と比べながらキャノンの隠れ家があったとされる場所を地図に記していくと、捜索すべき地域は大きく絞りこまれた。その大半は湿原の奥深く、苔におおわれたヌマスギと低木の茂みにふさがれた泥沼が織り成す迷路にあった。彼らの調査によれば、この一帯は一八二〇年代には乾いた地面で、キャノンが隠れ家にしていた掘っ立て小屋があった。

ふたりはキャノンの財宝に関心をいだいていたが、金に目がくらんでのことではない――少なくとも自分たちの利益のためではなかった。この話を初めて聞いたとき、サムとレミは、もし財宝を発見する幸運に恵まれたら収益の大半はオハイオ州シンシナティの〈国立地下鉄道自由博物館〉に寄贈しようと意見が一致した。もしキャノンがまだ生きていたら、この皮肉には激怒するにちがいない。無事に息絶えていたときには、彼女の亡霊が激怒するだろう。

「レミ、どんな詩だったかな……例のキャノンについて書かれたやつは?」と、サムが呼びかけた。レミは写真に写し取ったような正確な記憶力の持ち主だ。目立たない事柄も核心部分もはっきり覚えている。

彼女はすこし考えてから朗誦した。

口を閉じ
眠りにつけ
パッティ婆さんが深みに連れ戻す

七人のギャングをしたがえ
奴隷を連れ、束縛を受けず
真っ黒な馬にまたがり
昼も夜も

「それだ」と、サムは答えた。

彼らの周囲にはヌマスギのむきだしの根が、大型翼竜の鉤爪（かぎづめ）のように水中から突き出していた。先週、この半島を嵐が吹き荒れたため、大急ぎで作られたビーヴァーのダムのように木の枝が盛り上がっている。頭上の樹冠では、鳥のガーガー鳴く声と虫がブンブンいう騒がしい音と翼や羽根のはばたく音がにぎやかな交響曲（シンフォニー）を奏でている。バードウォッチングを楽しむサムが、たまに鳴き声を聞き分けてレミに鳥の名前を教えると、レミは微笑んで「とってもすてき」と調子を合わせた。

この聞き分けは〝聞き覚え〟のピアノ演奏に役に立つな、とサムは気がついた。母親から受け継いだ演奏法だ。いっぽうレミはヴァイオリンの才能に恵まれていた。ふたりがたまに即興でデュエットするとき、その才能を発揮する。

サムはエンジニアの経歴の持ち主だが、直観力に優れた右脳型。片やボストン・

カレッジ仕込みの人類学者であり歴史学者であるレミは、論理的な左脳型。この対照的な違いは彼らをバランスのとれた愛情深い夫婦にするいっぽうで、イギリス革命は何から始まったかといった話から、007シリーズ最高のボンド俳優は誰かや、ヴィヴァルディの《夏》はどう演奏すべきかに至るまで、激しい討論を戦わせる原因にもなっている。ほとんどの場合は〝すぐには結論の出ない前向きな意見の不一致〟ということで、笑っておしまいになるのだが。

サムが腰をかがめ、水中を探りながら指を木にそってすべらせていくと、最後に金属のようなものに触れた……U字形のかんぬきに四角いボディ。

南京錠か、と彼は思った。フジツボにびっしりおおわれた昔のかんぬきが頭のなかに渦を巻いた。「なにかある」と、彼は告げた。

レミは泥だらけの腕を体の横に下ろし、彼のほうに顔を向けた。

「それ！」と、サムは水中から引き上げた。泥がすべり落ちて水中にトプンと戻っていくと、錆の色と銀色がきらりと輝き、そのあと浮き出し文字が……

M‐A‐S‐T‐E‐R‐L‐O‐C‐K。

「それで?」と言ったレミの声は疑念を帯びていた。ときおりサムが早とちりで興奮することにレミは慣れっこだった。

「ぼくが見つけたのは、年代物のマスター南京錠、一九七〇年くらいのものだな」と彼は答え、錠がくっついていた木切れを水中から持ち上げた。「古い門柱とおぼしきものがいっしょだ」それを水中に戻し、うめき声とともに体をまっすぐ起こす。

レミはそんな彼を見て微笑んだ。「さすがは、わたしの勇敢なトレジャーハンターよ。まあ、わたしが見つけたものよりはましだけど」

サムは腕時計を見た。探検のときしかはめないタイメックス・エクスペディションだ。「六時か」彼は言った。「今日はここまでにするか？」

レミは丸めた手を反対側の前腕に走らせて、べたつく泥を落とし、彼に満面の笑みを向けた。「いつ言ってくれるかと思ってたわ」

ふたりは荷物をまとめて一キロ弱歩き、地面に突き出したイトスギの切り株にもやっておいたスキッフと呼ばれる小舟に戻った。サムは綱をほどくと、腰まで水に浸かったまま舟を押し出し、そのあいだにレミがエンジンのスターター・コードを引いた。モーターがうなりをあげ、サムが舟によじ登る。

レミは舳先（へさき）を水路へ向けてスロットルを開いた。彼らの活動拠点はここからいちばん近い町のスノーヒルだった。ポコモク川を三マイルほど進んだところにある。

彼らが選んだB&Bにはおどろくほど立派なワインがそろっていて、前夜の夕食に出た蟹のビスクはレミを昇天させた。

ふたりはモーターのたてるやわらかな音に癒やされ、上にかぶさっている樹冠を見つめながら、静寂(しじま)のなかを進んでいった。とつぜんサムがすわったまま体を回し、右を見た。

「レミ、減速!」

彼女はスロットルを絞った。「何?」

サムはリュックのなかから双眼鏡をつかみ、持ち上げて目に当てた。五〇メートルくらい離れた土手に、群葉のとぎれているところがあった。すでに何十も入り江を見てきたが、なかにもうひとつ隠れていたのだ。入口の一部が嵐で積み上がったもつれあう木の枝にさえぎられていた。

「何か見えたの?」と、レミがたずねた。

「なにかある……よくわからないが」彼はつぶやいた。「葉の群れのなかに何かの線が見えた気がする……曲線めいた。自然のものとは思えなかった。あそこに行ってくれないか?」

彼女は舵を切って、舟を入り江の入口に向けた。「サム、幻覚でも見ているの?

今日はしっかり水を飲んできた?」

入り江に注意をそそいだまま、彼はうなずいた。「たっぷりと」

舟の舳先が積み重なった木の枝に突き当たり、パキッと小さな音がした。入り江の幅は見た目より大きい。一五メートルくらいある。サムは大きめの枝にもやい綱を巻きつけ、船べりから足を下ろして水中へ転がりこんだ。

「サム、何をする気?」

「すぐ戻る。ここにいてくれ」

「冗談じゃないわ」

彼女が次の言葉を発する前に、サムは息を吸って水中に潜り、姿を消した。二十秒後、レミの耳が枝の山の反対側にしぶきの音をとらえた。浮かび上がったサムが肺いっぱいに空気を吸う。

彼女は呼びかけた。「サム、だいじょ――」

「だいじょうぶだ。すぐ戻る」

一分が二分になり、さらに三分になった。ようやくサムが群葉の向こうから呼びかけてきた。「レミ、こっちに来てくれないか?」

彼の声にいたずらっぽい浮き浮きした調子を聞き取り、あらら、とレミは思った。

夫の冒険心がもたらす衝動を愛しく思ってはいるが、もう熱いシャワーはどんなに気持ちいいだろうと想像しはじめていたところだ。「なんなの？」と、彼女はたずねた。

「こっちに来てもらう必要がある」

「サム、せっかく乾きはじめたところなのに。できたら――」

「いや、きみはこれを見たがる。まちがいない」

レミはためいきをついて、船べりから水中にすべりこんだ。十秒後、彼女は立ち泳ぎでサムのそばへ進んでいた。水上で入り江の両側の木々が密集して冠となり、緑のトンネルのなかにふたりを包みこんでいた。藻におおわれた水面のあちこちに、日光がまだら模様を描いている。

「やあ、うれしいねえ、来てくれて」彼はにっこり笑って、彼女の頬をつついた。

「まったく、うぬぼれ屋なんだから。それで――？」

彼は不格好な丸太に片腕をかけ、こぶしでたたいてみたが、返ってきたのは鈍い衝撃音ではなく鐘のような金属的な音だった。

「何、それは？」

「まだよくわからない。一部分なんだ――下に潜ってなかに入ってみるまで、なんとも言えない」

「なんの一部？　何に入るですって？」

「こっちだ、来てくれ」

サムは彼女の手をつかむと、横泳ぎで入り江の深みへ向かい、隅を回りこむと、進路は五、六メートルまで狭まった。彼は進みを止め、土手の近くの蔓におおわれたイトスギの幹を指差した。「あそこだ。見えるか？」

彼女は目を凝らし、頭を左に傾け、そのあと右に傾けた。「わからない。どこを探せばいいの？」

「水面から突き出ているあの木の枝、T字形のやつだ……」

「わかった、見えたわ」

「もっとよく見ろ。目を凝らして。助言だ」

言われたとおり目を細めていくと、目のとらえたものが徐々に頭のなかで認識されてきた。彼女はハッと息をのんだ。「なんてこと、あれって……まさか」

サムは満面の笑みを浮かべてうなずいた。「そう。そのとおり。あれは潜水艦の潜望鏡だ」

2

ウクライナ、セヴァストーポリ

ハデオン・ボンダルクは彼の書斎で壁一面のガラス窓の前に立ち、外の黒海を見つめた。書斎は暗く、部屋を照らしているのは薄暗い天井の照明だけだ。その照明が部屋の隅にやわらかい光のプールを投げかけている。クリミア半島には夜の帳が下りていたが、西のほうでは沈みゆく太陽の残照のなか、ルーマニアとブルガリアの海岸ぞいの上空をひとすじの嵐雲が北へ進んでいた。数秒ごとに雲の内側が脈動し、水平線の向こうに静脈のような稲光を投げかけている。一時間以内にここまで達するだろう。水に浮かんだまま黒海の嵐のまっただなかに捕まる愚か者たちに、神よ、憐れみを垂れたまえ。

　あるいは、神よ、憐れみを垂れませぬよう、とボンダルクは胸のなかでつぶやいた。別にかまわない。嵐や病気は、そう、戦争さえ、自然が群れを淘汰する方法なのだ。この世の猛威から身を守るための分別や力を持たない人間に、彼は我慢がならない。それは彼が子どものころに学んで決して忘れたことのない教訓だった。

　ボンダルクは一九六〇年、トルクメニスタンのアシガバートの南にある村で生まれた。コペト山脈の高地だ。父と母も、その両親たちも、イランと当時のソ連に挟まれたあの灰色の地域で農業と牧畜を営んでいた。コペト山脈に生まれ育った者の例に洩れず、彼らも他人の力をあてにしない独立精神に富んだ強靱(きょうじん)な人々で、イランのこともソ連のことも故国と呼ぼうとはしなかった。ところが冷戦は、ボンダルクと彼の家族に別の計画を立てていた。

　一九七九年のイラン革命と国王(シャー)の国外追放にともない、ソ連軍はイラン北部の国境地帯に増派を開始した。平和な山に赤軍の基地と地対空ミサイルの配備地点が造られはじめ、当時十九歳だったボンダルクは村の独立がもぎ取られるところを見ることになった。

　ソ連の部隊はコペト山脈の住民を未開人あつかいし、天の災いのように村々を行進して、食料と女を奪い、手慰みに銃で家畜を撃ち、彼らの言う〝イランの革命分子たち〟を一網打尽に捕らえ、まとめて処刑した。もちろん、同郷の人々は外の世界や国際政治のことなどほとんど知らなかった。イスラム教信仰とイランに近いことで彼らに容疑がかかったのだ。

一年後、村のはずれに赤軍の兵士二個中隊と戦車二両がやってきた。指揮官がボンダルクと村人たちに告げたところによれば、その前夜に兵士の一団が近くで待ち伏せ攻撃を受けた。八人がのどを掻き切られ、服と武器と所持品を奪われていた。村の長老たちが五分のうちに犯人をさしださなければ、村全体に責任を問うという。

田園地帯にいるトルコのレジスタンスの闘士たちがイタリア特殊部隊の支援を受けているという話はボンダルクの耳にも入っていたが、彼の知るかぎり、村人はひとりも関与していなかった。犯人をさしだすことができなかった村の長(おさ)はソ連の指揮官に慈悲を請うたが、その甲斐なく撃ち殺された。そのあとの一時間で戦車が砲弾の雨を降らせ、村は廃墟と化して炎上した。この動乱のなかでボンダルクは家族と離ればなれになり、ひと握りの少年や大人の男たちと山の高みへ逃げこんだ。兵隊たちとのあいだに危害を逃れられるだけの距離はとれたが、そこからでも自分たちの家が跡形もなく破壊されていくところがひと晩じゅう見えた。翌日、彼らは村に戻って生存者を探しはじめた。避難先のモスクが倒壊して生きたまま押しつぶされたボンダルクの家族をはじめ、生存者より死者のほうが多かった。

　彼のなかで何かが変わった。神の手でそれまでの人生に暗い幕が引かれたかのように。彼は熱意にあふれた屈強な村人を男女の区別なく集め、ゲリラ兵となって山中に身を隠した。

　半年後、ボンダルクは戦闘員のリーダーになっただけでなく、田園地方のトルコ人のあいだで伝説の男になっていた。ボンダルクの率いる戦闘員は夜に襲撃をかけて、ソ連の哨戒（しょうかい）員や車列を待ち伏せし、そのあとふたたびコペト山脈に幽霊のように姿を消した。彼の村が破壊されてから一年とたたないうちに、ボンダルクの首には賞金がかけられた。イランとの対立が緊張をはらみ、アフガニスタンで本格的な戦争が始まっただけでなく、トルクメニスタンのゲリラ紛争にも巻きこまれていたため、モスクワのソ連指導部はボンダルクに注意を向けざるをえなくなったのだ。

　二十一歳の誕生日からまもなく、ボンダルクにじっくり話を聞く気があるならテヘランはコペト山脈の戦闘員の同盟者であるとの声明がイラン情報部から出され、そのうわさを聞きつけた彼は、アシガバート郊外の小さなカフェで会談に臨んだ。

　ボンダルクが会った男は、パスダランもしくは〈イスラム革命防衛隊〉の名称で知られるイランの準軍隊的組織の大佐だった。ソ連と戦うことを条件にボンダルクと彼の戦闘員に武器と弾薬と訓練と必需品を提供しよう、と大佐は申し出た。用心深いボンダルクは取引に落とし穴がないか探りを入れた。イランの支援にはなにか条件があるのではないか？　条件はない、と大佐は断言した。われわれは祖先と信仰と大義を同じくしている。それ以上のどんな契約が必要というのか？　ボンダルクは申し出を受け入れ、それから五年のあいだ、ボンダルクと彼の戦闘員はイランの大佐の指導の下、すこしずつソ連の占領者の数をすり減らしていった。

その点にもボンダルクは満足を得たが、彼にもっとも大きな影響をもたらしたのはこの大佐との関係だった。大佐は召集を受けて革命に奉仕する以前、ペルシア史の教師をしていたという。ペルシア帝国の歴史は三千年近く前にさかのぼる。最盛期にはカスピ海盆地と黒海盆地、ギリシャ、北アフリカ、そして中東の多くを支配下に置いていた、と彼は説明した。それだけではない。ギリシャを侵略してテルモピレーの戦いでスパルタを粉砕したクセルクセス一世、別名クセルクセス大王は、ボンダルクの故郷と同じ山々に生まれ、コペト山脈で何十人も子どもをもうけたという。

ボンダルクと彼のゲリラ兵がソ連を苦しめつづけ、彼らがコペト山脈に入ってから十年以上が過ぎた一九九〇年、ついに赤軍が国境から撤退することになったときにも、クセルクセスの話はボンダルクの頭を離れなかった。その後まもなくソ連は崩壊した。

戦いは終わったが、ボンダルクには平凡な羊飼いに戻りたい気持ちなどさらさらなかった。彼は友人であるイランの大佐の支援を受け、ソヴィエト帝国の崩壊とともに黒海盆地のフロンティアとなったセヴァストーポリに移住した。ひとたびそこに落ち着くと、生まれ持った指導者としての能力と、残忍な行為を楽しみ、たちまち暴力に訴えるその性質が、まずウクライナの闇市に場所を確保し、その後、ウクライナのクラスナヤ・マフィア、別名〈赤いマフィア〉に地位を確立した。三十五歳になるころには、ハデオン・ボンダルクはウクライナのあらゆる犯罪組織を事実上掌握し、飛び抜けた大富豪になった。

地位と権力と富を確立すると、ボンダルクは何年ものあいだ頭の奥に残っていたある考えに注意を転じた。クセルクセス大王は本当に、彼の故郷であるコペト山脈に生まれ育ったのか？　少年時代の自分は何世紀もの時間を隔(へだ)ててクセルクセスと同じ道を歩き、同じ山の眺望に目をみはっていたのか？　自分がペルシア王の末裔(まつえい)である可能性はあるか？

答えは簡単には出なかった。五年の歳月と数百万ドルを費やし、歴史学と考古学と系図学の献身的なスタッフが必要になったが、四十の坂を越えるころにはハデオン・ボンダルクは確信していた。自分はアケメネス朝ペルシア帝国の統治者クセルクセス一世の直系の子孫にまちがいないと。

そこからボンダルクの好奇心はたちまちふくらみ、ペルシアにまつわるあらゆるものに執着するようになった。富と影響力を総動員して、キュアクサレスの婚礼で使われた杯から、ササン朝ペルシア時代にゾロアスター教徒の儀式に用いられた石の祭壇、テルモピレーの戦いでクセルクセスその人が携えたという宝石にびっしりおおわれたゲロンの盾にいたるまで、ペルシアの人工遺物の数々を蒐集していった。

いまや、彼のコレクションは完璧に近かった。ひとつの明らかな欠落を別にすれば、と彼は心のなかでつぶやいた。彼の大邸宅の内部に造り上げた私的博物館は、誰とも共有することのない驚異の場所だ。その栄光に浴する価値のある人間がいないこともあるが、理由の大半はまだ完成していないからだった。

だが、と彼は胸のなかでつぶやいた。まもなくその問題は正される。

きっかけの合図を受けたかのように、書斎のドアが開き、侍従が入ってきた。

「失礼いたします」

ボンダルクは振り向いた。「なんだ?」

「お電話です。アルキポフ氏から」

「つなげ」

侍従はドアをそっと閉めて書斎を出ていった。しばらくするとボンダルクの机の電話が鳴った。受話器を上げる。「いい知らせだろうな、グリゴリー」

「はい。わたしの情報源によれば、例の男はあの近辺で骨董屋を営んでいます。男が写真をのせたウェブサイトは、骨董屋とトレジャーハンターたちの情報交換の場として定着しているそうです」

「あのかけらに興味を示した者はいたのか?」

「何人か。しかし、案ずるほどのことではありません。これまでのところ、あれは単なる割れた瓶の破片にすぎず、それ以上のものではないというのが一致した見解です」

「けっこう。いまはどこだ?」

「ニューヨークで飛行機の搭乗を待っています」

これを聞いて、ボンダルクは微笑んだ。「いつもながら、進んで手を打っている。感心なことだ」

「だから報酬をいただけるわけです」と、ロシア人は答えた。

「この破片を首尾よく確保できたら、ボーナスを出そう。例の男、その骨董屋には、どうやって近づくつもりだ？」

ロシア人は一瞬の間を置いた。アルキポフの顔におなじみの残忍そうな笑みが浮かび、口元がねじれるところが、ボンダルクには見えるようだった。

「まっすぐ近づくのが、つねに最良の方法かと」

アルキポフは率直なやりかたがどういう結果を生むかを心得ている、とボンダルクは思った。ロシア特殊部隊スペツナズの元隊員は、利口で冷酷で情け容赦ない。ボンダルクに雇われた十二年の歳月で、アルキポフが任務に失敗したことはいちどもなかった。あの男はどんな汚い手口もいとわない。

「そのとおりだ」と、ボンダルクは答えた。「では、おまえにまかせよう。とにかく、目立たないよう気をつけろ」

「つねに心がけています」

たしかにそのとおりだ。当局の知るかぎりでは、ボンダルクの数多くの敵は地球の表面からただ忽然と姿を消している。

「なにかわかったら、すぐに電話しろ」

「承知しました」

受話器を置きかけたところで、ボンダルクの頭にふっと別の疑問が浮かんだ。

「単なる好奇心から訊くが、グリゴリー、その男の店はどこにある？　われわれの予測した場所の近くか？」

「すぐ近くです。プリンセス・アンという小さな町で」

3

メリーランド州スノーヒル

　サム・ファーゴは階段の下で手すりに寄りかかると、足首のところで脚を重ね、腕組みをした。いつものようにレミが出遅れていた。ダナ・キャランの黒いドレスはレストランには大仰すぎると間際になって判断し、服を替えに戻っていったのだ。サムはまた腕時計を見た。予約のことより、すきっ腹のほうが気になった。B&Bに戻ってから、ずっとぐーぐー鳴りどおしだ。

　この宿のロビーはおそろしくユニークだった。アメリカらしいシャビーシックな趣で、地元の芸術家の手になる水彩の風景画が飾られていた。暖炉で火がパチパチと音をたて、隠れたスピーカーからケルト民族音楽のかすかな歌声が聞こえていた。

階段がみしっときしみ、サムがさっと見上げると、ラルフローレンのクリーム色のズボンにカシミアモックのタートルネックを合わせ、あずき色のストールを肩にかけたレミが階段を下りてきた。鳶色の髪をゆるやかなポニーテールにまとめ、ほっそりした首に髪が幾房かかかっている。

「ごめんなさい、遅れちゃった?」と彼女はたずね、階段の下にたどり着くと彼のさしだした腕をとった。

サムは返事をせずにしばらく彼女を見つめ、それからコホンと咳ばらいをした。

「きみを見ていると、時間が止まったのかと心配になる」

「口ばっかり」

上腕の圧迫の具合で彼女が満更でもないことと、陳腐なセリフだったかどうかはともかく、いまのほめ言葉が好意的に受け止められたことはわかった。

「歩いていく?　それとも車?」と、彼女はたずねた。

「歩こう。美しい夜だ」

「またチケットを切られる心配もないし」

この街に来る途中、サムのレンタルしたBMWはすこしスピードを出しすぎた。

それが道端の広告掲示板の裏でボローニャ・ソーセージサンドの昼食をとりかけていた地元の保安官の気にさわったらしい。

「それもある」と、サムは同意した。

春の空気にはほんのすこし冷たさが感じられたが、居心地が悪いほどではない。歩道にそった低木の茂みからカエルの鳴き声が聞こえていた。彼らの向かうレストラン、緑と白の格子模様の天幕をそなえた町営のイタリア料理店までは二ブロックしかなく、五分しかかからなかった。席に着くと、ふたりは二、三分かけてワインリストを精読し、フランスのバルサック地域のボルドーに決めた。

「それで」と、レミ。「どれくらい確信があるの？」

「例のあれのことかい？」サムは共謀を企むかのように声をひそめた。

「ぼかす必要はないんじゃないの、サム。誰も気にかけていないと思うわ」

彼は微笑んだ。「あれは潜水艦だ。自信は大。もちろん潜ってみなくちゃならないが、ほかの何かとは思えない」

「だけど、どうしてこんなところにいるの？　川のあんな上流に？」

「それがぼくらの解かなくちゃならない謎じゃないか」

「それじゃ、パッティ・キャノンのことは？」

「彼女には二日ばかり待ってもらってもいい。あの潜水艦の身元を確認して、セルマたちに謎の解明にとりかかってもらったら、例の反社会的で残忍な奴隷密売人に戻ろう」

レミはしばらく頭のなかで検討してから、ひょいと肩をすくめた。「いいわ。人生は短いんだし」

サムとレミにはサンディエゴを拠点にした三人構成の調査チームがいて、そのチームを率いるのがセルマ・ワンドラシュだ。その仕事ぶりは教練指導官のように徹底している。いまは未亡人の身だ。十年前の墜落事故で空軍のテストパイロットだった夫を亡くした。ふたりが出会ったのは九〇年代前半のブダペスト。彼女は大学生で、彼は休暇中の戦闘機乗りだった。セルマはアメリカに暮らして十五年になるが、彼女の英語から訛りが消えたためしはない。

彼女はジョージタウン大学で学位を取得してアメリカ市民になり、米国議会図書館特殊資料室で働いていたところをサムとレミにスカウトされた。調査主任だけでなく、セルマはとびきり優秀な旅行代理人であり後方支援の達人であることが証明されている。軍隊並みの能率で夫妻を目的地へ運び、あるいは目的地から移動させてきた。

サムとレミは自分たちで調査をするのも大好きだったが、セルマと彼女のチームの仕事ぶりはすさまじいの一語に尽きた。仕事の最中にかならず持ち上がってくる隠れた事実や見つけにくい手がかりや解けない謎の掘り起こしに命がけで取り組み、調査がお蔵入りになるのを数えきれないくらい防いできた。

もちろん、サムとレミのしていることに〝仕事〟という言葉がふさわしいかどうかは、はなはだ疑問ではあった。彼らにとっては生計のためというより冒険に近い。ファーゴ財団の繁栄を見る喜びもある。この財団は天からの贈り物を動物保護や自然保護団体、恵まれない子どもや虐待を受けてきた子どもたちに分配してきて、この十年のあいだに飛躍的な発展を遂げた。前年はさまざまな団体に五百万ドル近くを寄贈している。金額の大半はサムとレミからもたらされ、あとは個人的な寄付による。善きにつけ悪しきにつけ、彼らの活躍は大いにマスコミの注目を引き、知名度の高い裕福な寄贈者を引き寄せてきた。

好きなことをできるようになったのは、天の恵みと思っていたが、サムもレミもこれを偶然の恵みとは思っていなかった。ここへたどり着くまで、ふたりとも猛烈に働いてきたからだ。

レミの父親はすでに第一線を退いているが、ニューイングランド地方の海岸ぞいに特別注文の夏の家を建てる民間の受託業者だった。母親は小児科医で、彼女の子育て本シリーズはベストセラーになった。レミは父の母校であるボストン・カレッジに入学し、人類学と歴史学の修士号を取得した。とりわけ力をそそいだのは古代の交易路だ。

サムの父親は二、三年前に他界したが、NASAのマーキュリー計画、ジェミニ計画、アポロ計画にたずさわった一流のエンジニアだった。稀少本の蒐集家でもあり、この嗜好は早い時期にサムへと受け継がれた。母親は現在キーウェストで暮らしている。もう七十歳近いが、現地でシュノーケリングと海釣りが専門のチャーター・ボート業を営んでいる。

レミと同様、サムも父親と同じ道を歩んだ。教育の選択ではなく、職業の選択で。彼はカリフォルニア工科大学で工学の学位を最優等で取得した。と同時にラクロスとサッカーでも、ひと握りのトロフィーを獲得している。

カリフォルニア工科大学での最後の数カ月に、サムはある男からアプローチを受けた。その後、男はDARPA、つまり〈国防総省国防高等研究所〉の人間と判明した。政府が軍事と情報の両世界のために最新、最高のおもちゃを開発、試験する機関だ。提示された給料は民間で稼げたはずの額をはるかに下回っていたが、純粋な創造工学の研究をしながら同時に国に奉仕できる魅力を前に、サムは迷わなかった。

DARPAで七年を過ごしたあと、サムは自分のとっぴなアイデアをいくつか実現したいという漠然とした思いで職を辞し、カリフォルニアに戻った。その二週間後だ、ハーモサ・ビーチの〈ライトハウス〉というジャズクラブでレミと出会ったのは。サムは冷えたビールを求めてクラブにふらりと立ち寄り、レミはアルバン・コーブ沖で沈んだとうわさされるスペイン船の調査旅行に来ていて、その成功を祝っているところだった。

初めての出会いは〝ひと目惚れ〟のたぐいではなかったとふたりとも言いつづけているが、〝最初の一時間で確信〟があった点は両者とも認めている。その六カ月後、ふたりは初めて出会ったこの〈ライトハウス〉で控えめな結婚式を挙げた。

レミの励ましを得て、サムは自身の事業に果敢に挑み、金銀からプラチナやパラジウムにいたるまで、遠くの混合金属や合金を感知し特定できるアルゴン・レーザー・スキャナーを発明した。この発明は大金を生んだ。トレジャーハンターと大学と企業と採掘会社が先を争って使用許諾を求めてきた。二年後にはファーゴ・グループは年三百万ドルの純利益をあげ、四年のうちに資金の潤沢な諸企業から電話が来るようになった。サムとレミは最高入札者に会社を売却し、一生楽に暮らせるだけのお金を手にすると、もう後ろを振り返らなかった。

「きみがシャワーを浴びているあいだに、ちょっと調べてみた」と、サムが言った。「集めることのできた情報から判断するに、これは掘り出し物かもしれない」

ウェイターが来て、暖かいチャバータ（スリッパの形をしたイタリアのパン）の入ったかごとパソリヴォのオリーブオイルの皿を置き、注文をとった。まず手始めに、彼らはレッドソースのカラマリとポルチーニを頼んだ。サムはイタヤガイとロブスターのソテー・バジルソースにパスタ、レミは海老と蟹が詰まったラヴィオリ・バジルホワイトソースをチョイスした。

「どういう意味？」レミがたずねた。「潜水艦は潜水艦じゃないの？」

「おお、女よ、口を慎みなさい」サムがショックを装って言った。

レミの得意のジャンルは人類学と古代史で、いっぽうサムは第二次世界大戦史が大の得意だ。この情熱も、アメリカが太平洋の〝島づたい作戦〟に打って出たころ海兵隊員だった父親から受け継いだものだ。戦艦ビスマルクを沈めたのは誰か、バルジ大作戦はなぜそれほど重要だったかにレミがほとんど興味を示さないと、サムはいつも驚愕する。

レミはすばらしく優秀な人類学者であり歴史学者であったが、彼女が分析的なアプローチをとるのに対し、サムにとっての歴史はつねに、現実にいろんなことをした人々の物語だ。レミは分析する。サムは夢を見る。

「失言に謝罪」と、レミは言った。

「受け入れよう。困ったことがあるんだ。入り江の大きさからみて、大型の潜水艦ではありえない。そのうえ、あの潜望鏡はすごく小さそうだった」

「だったら、小型（ミニ）潜水艦なんだわ」

「そのとおり。しかし、潜望鏡にはびっしり植物がついていた。少なくとも何十年かぶん。それと、もうひとつ。ぼくの知るかぎり、商業用の潜水艇、つまり調査や地図の作製その他を目的とした潜水艇には潜望鏡はついていない」

「つまり、軍用なのね」レミが言った。

「そうとしか考えられない」

「軍用の小型潜水艦がポコモク川の三十何キロも上流にいる……」レミがつぶやくように言った。「いいわ、認めましょう。降参よ。正式に関心を表明します」

サムは彼女に微笑み返した。「それでこそ、わが妻だ。それで、どうだろう？食事がすんだら、車でプリンセス・アンに行って、テッドから話を聞いてみるというのは？　この地域にまつわる伝説なら、おおかたの人間が持っている知識よりやっこさんが忘れる知識のほうが多いくらいだ。あの代物がどういうものか、いくらかなりと勘の働く人間がいるとしたら、あの男だ」

「どうかしら……。もう時間も遅いし、テッドが訪問者を喜ばないのは知っているでしょう」

テッド・フロビッシャーは天与の才と秘めたる優しさの持ち主だが、人づきあいのいい人間とは言えない。骨董の店を繁盛させているのは良好な対人関係ではなく、知識の広さと商才だ。

サムは微笑んで、「ちょっとしたおどろきは、やっこさんの健康にもいいはずだ」と言った。

4

デザートのティラミスは、しばらくふたりとも口がきけないくらい美味だった。食べおわると、Ｂ＆Ｂに戻って、部屋からＢＭＷのキーをつかみとり、プリンセス・アンに向けて出発した。ソールズベリーのはずれまでハイウェイ十二号線を北西に進み、南西に折れて十三号線に乗る。さきほどまで晴れわたっていた夕空に低い雨雲がたちこめ、ＢＭＷのフロントグラスに細かな霧雨がとぎれなく落ちてきた。

レミが眉をひそめた。「スピード、出しすぎじゃない？」ＢＭＷの乗り心地は快適だったが、夫のなかにひそむカーレーサーの衝動を引き起こされては困る。

「制限速度どおりだ。心配するな、レミ。ぼくが衝突事故を起こしたことがあったか？」

「ほら、ムンバイのあのとき――」

「おいおい。思い出してほしいな。タイヤはほとんどツルツルで、激怒した特大のダンプカーに追いかけられていたことを。それに、衝突はしなかった。ただ……脱線しただけで」

「そうとも言うわね」

「的確な表現だと思うがな」

「いいわ、だったら、スコットランドのあのとき……」

「わかった、あれはぼくのミスだった」

「気にすることはないわ、サム。あの泥炭の沼はいきなり飛び出てきたんだし」

「洒落（しゃれ）にならない」

「でも、あなたのおかげで脱出できたんだし、大事なのはそこよ」

たしかに脱出はした。短いひと巻きのロープと車のジャッキと、てこに使う切り株と大きな枝、応用の利く基本的な物理学を総動員して。

とっぷりと日の暮れた田園風景をながめながら、黙って車を走らせていくと、ようやく一キロほど先にプリンセス・アンの町の灯が見えてきた。キング・ジョージ二世の娘にちなんで名づけられたこの町は――現地の多くの人は小村（ハムレット）と呼んでくれと言うが――メリーランド大学東海岸（イースタン・ショア）校をわが家と呼ぶ学生たちを別にすれば、人口わずか二千二百。何年か前にここを初めて訪れたとき、サムとレミの意見は一致した。通りの車と電灯がなかったら、独立戦争以前のメリーランド州にタイムスリップした気分になっただろう。プリンセス・アン小村（ハムレット）には、えもいわれず古風で趣のある場所がいくつかあった。

　サムは十三号線で町の中心まで来ると、東に方向転換してマウント・ヴァーノン・ロードに入り、二キロほど走ったあと北へ折れて、イースト・リッジ・ロードに乗った。ふたりはいまプリンセス・アンのはずれにいた。二階がアパートになったフロビッシャーの店は、この道からすこし引っこんだところにあり、カエデの木々に縁どられた長い私道がある。

　サムがそこに入りかけたとき、道から黒のビュイック・ルセーヌ・セダンが出てきてすれちがい、マウント・ヴァーノン・ロードのある南へ向かっていった。

　ＢＭＷのライトがビュイックのフロントグラスを洗ったとき、助手席にテッド・フロビッシャーの姿がちらっと見えた。

「いまの、彼よ」と、レミが言った。

「うん、そうだった」サムが考えこむような表情で言った。

「どうしたの?」

「わからん……。あの顔、なんだか妙な気がした」

「どういうこと?」

「なんだか……おびえていたような」

「テッド・フロビッシャーはいつもおびえた顔をしているわ。そうでないときは、腹立たしそうな顔。彼の表情にはそのふたつしかないわ。知ってるでしょ?」

「ああ、そうかもしれない」サムはつぶやくようにそう言うと、BMWにきれいにYの字を描かせてターンし、道路に戻って、さきほどのルセーヌを追いはじめた。

「やれやれ」レミが言った。「またこれよ」

「いいから、ついてこい。たぶん、なんでもないとは思うが」

「いいわ。だけど、約束して。彼らが〈アイホップ〉（ホットケーキのレストランチェーン）に入ったら、引き返して、気の毒な男のことは放っておくって」

「わかった」


ルセーヌは〈アイホップ〉には入らず、幹線道路に長居もしなかった。ほんの数キロ走っただけで、南に折れてブラック・ロードに入った。この道の街灯はかなり前からなくなっている。サムとレミはいま、真っ暗闇を走っていた。さきほどまでの霧雨が、しとしとと降りつづく雨に変わっている。ＢＭＷのフロントグラスのワイパーがキュッキュとリズミカルな音をたてていた。

「夜目は利くほうだっけ？」サムがレミにたずねた。

「ちゃんと利くけど……どうして？」

答えるかわりにサムはＢＭＷのヘッドライトを消してアクセルを踏みこみ、ルセーヌのテールライトとの距離を詰めた。

レミが夫を見て、眉間にしわを寄せた。「本気で心配しているのね？」

彼はあごに力を込めてうなずいた。「そんな気がするだけだ。まちがいであることを願っている」

「わたしもよ。そう言われると、ちょっと怖くなってきたわ、サム」

彼は手を伸ばしてレミの太股をぎゅっとつかんだ。「ところで、いままでに、ぼくのせいでごたごたに巻きこまれたことは――」

「ええと、あのとき――」

「――あっても、そこから抜け出せなかったことがあったかい？」

「いいえ」

「受信状況は?」と、彼はたずねた。

レミが携帯電話を抜き出して調べた。「だめ」

「ちきしょう。まだあの地図はあったかな?」

レミがダッシュボードの物入れをかき回し、地図を見つけて開いた。三十秒くらいして、彼女は言った。「サム、ここにはなんにもないわ。おうちも、農場も――この先何キロか、何ひとつ」

「ますます好奇心がつのってくる」

前方でルセーヌのブレーキ灯がひらめいた。そのあともういちどひらめき、右に曲がって木々の向こうへ消えた。サムが曲がり角まで来て速度を落とすと、ルセーヌのテールライトがもういちど曲がるところだった。こんどは左に折れて、一〇〇メートルくらい先にある私道に入っていく。サムはエンジンを切って助手席の窓を開けた。木々のすきまからルセーヌのヘッドライトが消えるところが見え、車のドアが開閉する音がした。十秒後にもういちど同じ音がした。

そのあと人の声が聞こえた。「おい……やめろ!」フロビッシャーの声だ。動転した感じの。

「うーん、これで決まりだな」と、サムが言った。

「そのようね」と、レミ。「どうする？」

「きみは車でいちばん近くの民家まで行くか、電波を受信できるところまで行って警察を呼ぶ。ぼくは――」

「冗談じゃないわ。だめよ、サム」

「レミ、頼むから――」

「だめよ、サム」

サムはうめいた。「レミ――」

「時間の無駄」

声の調子と口の動きで見分けがつくくらい、サムは妻のことをよく知っていた。彼女はいちどこうと決めたら、てこでも動かない。

「わかった」彼は言った。「しかし、無茶はするな。いいか？」

「あなたもね」

サムは彼女を見てにやりとし、片目をつぶってみせた。「ぼくは用心の塊じゃなかったかな？」と言い、それから「答えはいらない」と言った。

「毒を食らわば――」と、レミが言いはじめた。

「皿まで」と、サムが受けた。

5

サムはヘッドライトを消したまま、穴ぼこにはまらないよう気をつけながら、ゆっくりBMWを近づけ、私道まで四〇メートルぐらいのところでエンジンを切った。

サムが「なかで待っていてくれないか？」と言った。

レミは眉をひそめて彼を見た。「こんにちは、お会いするのは初めてみたいですね」彼女は握手のために手をさしだした。「レミ・ファーゴです」

サムはためいきをついた。「わかったよ」

ふたりで大まかな戦略と、もしもの場合や状況が悪化したときのシナリオを相談すると、サムは自分のスポーツコートをレミに与え、いっしょに外へ出た。

ふたりは道路をはずれ、排水溝に入った。左右とも背の高い草にさえぎられている。溝は前方の私道まで続き、そこで狭くなって暗渠と化していた。

体をかがめて、二、三歩ごとに足を止めては耳を澄まし、溝を私道まで進むと、土手をよじ登って木々のあいだを通り抜けた。五、六メートル進むと木々がまばらになり、さえぎるもののない空間に出た。

広い空き地に筒状の不格好なものがひしめいていた。ガレージ大のものもあれば、小型車くらいのもあり、子どもの積み木取りのような様相を呈している。暗闇に目が慣れてくると、サムは自分の見ているものが何かわかった。ボイラーの廃棄場だ。メリーランド州の片田舎のまっただなかに、なぜ、どうやって運ばれてきたのかはわからないが、あるのだからしかたない。大きさのばらつきからみて、ボイラーの出どころはさまざまのようだ——機関車、船、工場などなど。雨が周囲の葉に当たってパラパラ音をたて、ボイラーの鉄に当たるやわらかな音が木々のあいだにこだました。

「まさか、ここにこんなものがあるなんて思いもしなかった」と、レミがささやいた。

「ぼくもだ」この状況はテッドといっしょにいた人物について、あることを物語っていた。この地域に明るいか、ここへ来る前にすこし予習をしてきたのだ。どちらの考えもあまり慰めにはならなかった。

空き地の真ん中にビュイック・ルセーヌが止まっていたが、フロビッシャーも運転手もいる気配はない。彼らがボイラーの迷路の奥へ向かったのは明らかだった。しかし、なぜここへ来たのだろう、とサムはいぶかった。そして、頭に浮かんだ最初の答えにぞっとした。テッドを誘拐したらしき人物が何をするつもりかはわからないが、まちがいなさそうなことがひとつあった。人目を避けたかったのだ。それとも、死体を捨てていく場所が欲しかったのか。あるいは、その両方か。サムの心臓の鼓動が速くなった。

「二手に分かれたら、調べられる場所が増えるわ」と、レミが提案した。

「よしたほうがいい。相手がどんなやつかも、どんな力があるかもわかっていないんだ」

木々から足を踏み出そうとしたとき、サムの頭にあるアイデアが浮かんだ。ビュイック・ルセーヌ。ビュイック……GMか。彼はレミを引き戻すと、「ここで待っていてくれ、すぐ戻ってくる」と言った。

「何を――」

「いいから、じっとしていろ。遠くまで行くわけじゃない」

彼は最後にもういちど周囲を見まわして、動きがないかうかがったが、なにも見えなかったのでぱっと飛び出し、ルセーヌのほうへ向かった。運転手側のドアにたどり着き、しゃがみこむと、急いでお祈りを唱え、ドアハンドルを試してみた。カチッと音がしてドアが開いた。車内灯がともる。彼はドアを閉めなおした。

くそっ！　しかし、何はともあれ〝イグニションキー抜き忘れ〟の警報は鳴らずにいてくれた。

危険は承知だが、やるしかない。

ドアを開けてなかへすべりこむと、ドアを閉めて三十秒待ち、ときおりダッシュボードの上から外をのぞいた。動きはない。車のなかを見まわしていくと、たちまち目当てのものが見つかった。ダッシュボードのパネルにオンスター（事故時、自動通報システム）のラベルがついたボタンがあった。それを押す。二十秒くらいして、無線のスピーカーから声がした。

「オンスター社のデニスと申します、どうなさいました？」

「うう」と、サムはうめいた。「ぶつかった。怪我をしている。助けてくれ」

「場所はおわかりですか？」

「うう……わからない」

「お待ちください」五秒経過。「わかりました、お客さま。場所はメリーランド州プリンセス・アンの西にあるブラック・ロードの近くです」

「ああ、そのあたりの気がする」

「該当地域の警察の連絡指令係に連絡をとりました。救助に向かっています」

「どのくらいかかる?」サムは怪我をした運転手ドライバーらしい演技に精いっぱい努め、しわがれ声でたずねた。

「六、七分です。このままおつなぎしていますので……」

しかし、すでにサムは動きだしていた。車から急いで外へ降り、ドアを閉めた。ポケットナイフで左後ろのタイヤのバルブステムに穴を開ける。それから地面を這って反対側に回り、もう片方のタイヤにも同じことをしてから、全力疾走でレミのいる木の茂みに向かった。

「オンスター?」レミが笑顔でたずねた。

サムは彼女の頬にキスをした。「ご明察」

「騎馬隊が到着するまで、どのくらい?」

「六、七分だ。それまでに立ち去れたらいいんだが。いまは質疑応答の気分じゃない」

「わたしもよ。あったかいブランデーの気分」

「ちょっと隠れんぼをするが、いいか？」

「引き続き、お導きを」


泥についた足跡をたどれるとは思えなかったので、彼とレミは急いで空き地を横切り、ボイラーの墓場が形作る通路とトンネルを進みはじめた。サムがちぎれた鉄筋を二本見つけて、短いほうをレミに渡し、長いほうを自分が持った。残り一五メートルくらいになったとき、落ちてくる雨の向こうからかすかな声が聞こえた。

「なんの話だ……なんのかけらだって？」

テッドの声だ。

男の声がなにごとか返したが、サムにもレミにも聞き分けることができなかった。

「あれか？　瓶のかけらだ。なんてことはない」

サムは頭を回し、音をとらえて、どこから聞こえてくるのか範囲を絞りこもうとした。手で前方と左を指し示す。倒れかけたボイラーが隣のボイラーに寄りかかってできたアーチの下だ。レミはうなずいた。アーチをくぐり抜けると、声がはっきりしてきた。

「どこで見つけたか、正確な場所を教えてもらいたい」正体不明の男が言っていた。訛りがある。東欧かロシアの人間だ。

「言っただろ、覚えてないって。川のどこかだ」

「ポコモク川か？」

「そうだ」と、テッドが答えた。

「川のどこだ？」

「なんでこんなことをしてるんだ？　いったいどういう――」

ガツンと音がした。硬いものが体に当たった音だ。テッドがうめき声をあげ、そのあとバシャッと音がした。泥の水たまりに倒れたらしい。

「起きろ！」

「無理言うな！」

「起きろと言うんだ！」

サムはレミに待ての合図を出して前へ這い出し、ボイラーの壁に体を押しつけると、曲がり目から向こうが見えるまでそっと前進した。

ピックアップ・トラック大のボイラーふたつに挟まれたスペースに、テッド・フロビッシャーはいた。両腕を後ろ手に縛られて、ひざを突いている。彼を襲った人物が左手に懐中電灯、右手にリヴォルヴァーを持って、すぐそばに立っていた。銃口がテッドの胸を狙っている。

「あれをどこで見つけたか教えたら、家に帰してやる」男は言った。「こんどのことはすべて忘れていい」

どう考えても本心とは思えない、とサムは思った。この男が何者であれ、テッドをわざわざここまで連れてきたあげくに、家に送り届けて無事にベッドに寝かせてやるわけがない。いろいろすまなかったな、いい夜を、なんて……。あの男が目当てのものを手に入れるかどうかにかかわらず、われわれが急いで行動を起こさなければ、テッドの運命は尽きる。

サムはすこし考えて、基本的な計画を練った。もっと鮮やかな解決法を選びたいところだが、そのための時間も資源もなかった。それに、簡潔が最良の道であることも多い。彼はボイラーにそって後ずさり、レミが待っているところへ戻った。

そして目撃した場面のあらましを伝え、それから計画を話した。

「あなたの役目がいちばん危険みたい」と、レミが言った。

「きみの腕には絶対的な信頼を置いている」

「タイミングを誤らない点も」

「それにもだ。すぐに戻ってくる」

サムは三十秒ほど木の茂みに姿を消し、戻ってくると、彼女にグレープフルーツくらいの大きさの石を手渡した。

「あれを片手で登れるか？」彼はいちばん近くのボイラーの側面についている保守点検用のはしごをあごで示した。

「暗闇のなかにドスンと大きな音がしたら、答えがわかるわ」彼女は前に体をかがめ、彼のシャツの胸に軽くこぶしを這わせると、彼を引き寄せてすばやくキスをした。「いいこと、ファーゴ。無害そうに見えるよう努力するのよ。お願いだから用心してね。殺されたら、一生許さないから」

「ぼくだって同じさ」

サムは鉄筋を持ち上げて、なかば全力で駆けだし、いま来た道を戻ると、右に方向転換して周囲を回りこみはじめた。立ち止まって腕時計を確かめる。オンスターに連絡してから六分が過ぎていた。これ以上は待てない。

彼は鉄筋をベルトの後ろにたくしこみ、ひとつ息を吸いこんで心を静めてから歩きはじめた。最後にボイラーを回りこむと、懐中電灯が投げかける丸い光が暗闇に出現した。サムは足を止めて大声で叫んだ。

「おおい、だいじょうぶか?」

見知らぬ男がぱっと振り向き、懐中電灯でサムの目を照らした。「誰だ?」

「車でそばを通りかかっただけなんだが」サムは言った。「車が見えたんで。誰か車が故障したのかと思って。おい、目を照らすのはやめてくれないか?」

遠くからサイレンのかすかな音が聞こえた。

男は銃を持ち上げてテッドのほうに体を回し、またサムのほうへ戻した。

「おいおい、あんた、その銃で何しようっていうんだ?」

サムは両手を上げて、慎重に一歩前へ出た。

「動くな! そこを!」

「おい、おれは力を貸そうとしてるだけだ」サムは息を殺したままもう一歩前に出て、男とのあいだを四、五メートルまで詰めた。

準備はいいか、レミ……

雨の音のなかでも聞こえるよう、彼は声の音量を上げた。「出てってほしけりゃ、それでかまわないし……」

レミは合図を受け取り、サムの右側にボイラーの上からひとつの影が暗い空にアーチを描いた。石は信じられないくらい長い時間宙を飛んでいる気がしたが、そのあとベキッと胸の悪くなるような音をたてて男の右足に落下した。レミの狙いは完璧だった。頭を狙ったほうが簡単だっただろうが、それをすると死んでしまわないとも限らない。そこまで問題を厄介にする必要はない。

男がうめき声を洩らして後ろへよろけると同時に、サムは動いた。左手でベルトから鉄筋を抜き出して、前へ突進。男はバランスをくずして風車のように腕を振り回していた。体勢をととのえる直前、サムのアッパーカットが完璧なタイミングであごをとらえた。銃と懐中電灯が消し飛んだ。銃はボチャンと泥のなかに落ち、懐中電灯はテッドのほうに転がってきた。サムの目の隅に、レミがテッドの後ろに現われるのが見えた。彼女はテッドを持ち上げるようにして立たせ、いっしょに駆けだした。

謎の男は泥のなかになかば沈みこむように、仰向けに倒れてうめいていた。タフなやつ、とサムは胸のなかでつぶやいた。いまのアッパーカットなら完全に気を失っていていいはずなのに。サムは鉄筋を右手に持ち替えた。

サイレンの音が近づいてきた。あと二分もない。

サムが懐中電灯を拾い上げてぐるりとあたりを照らすと、男の拳銃は一メートルくらい離れた泥のなかに埋もれていた。サムは靴の爪先で泥のなかからそれを起こし、下に足をすべりこませて、木の茂みまで蹴り飛ばした。

それから引き返して、懐中電灯で男の顔を照らす。男は動きを止め、まぶしい光に目を細めた。風雨にさらされたやせた顔に、卑劣そうな小さい目、そして何度も折れたのが明らかな鼻。白い疵跡が一本、鼻柱から右の眉に走り、こめかみの真上で終わっていた。タフなだけじゃない、とサムはいま思った。残忍なやつでもある。男の目がそれを物語っていた。

サムは言った。「おまえが何者かも、どうしてここにいるかも、訊いたところで答えはしまいな?」

男は急いでまばたきし、頭のもやもやを払って、サムに目の焦点を合わせ、ひとつの言葉を吐き出した。ロシア人か、とサムは思った。彼のロシア語は旅行の用には足りるが、いまの言葉はわからなかった。しかし、彼の母親か、なんらかの交接に関係のある言葉、もしくはその両方であるのはまちがいない。

「友好的な言葉ではなさそうだな」サムは言った。「もういちど試してみよう。おまえは何者で、おれの友人になんの用がある?」

また悪態が口をついた。こんどはまるまる一文で。

「それはないいんじゃないか」サムは言った。「まあ、次回の幸運を祈る」

そう言い捨てると、彼は前に体をかがめ、小さな弧を描いて鉄筋を振り下ろし、男の耳の後ろをたたいた。目的を果たすだけですみましたように、と願った。鉄筋はあまり繊細なたぐいの武器ではない。男はうめきをあげて、だらんとなった。

「二度と会わずにすむことを願っているぜ」とサムは言い捨て、きびすを返して駆けだした。

6

「ほら、テッド、これを飲め」サムがあたたかいブランデーのグラスをフロビッシャーに手渡した。

「なんだ、これは?」フロビッシャーはうなるように言った。ボイラー廃棄場での冒険も彼の気質を改善するには至らなかったが、サムもレミもおどろきはしなかった。陽気な男になったら、彼でなくなってしまう。

「いいから飲んで」とレミが言い、彼の手を軽くたたいた。

フロビッシャーはひと口飲んで、顔にしわを寄せ、それからもうひと口飲んだ。

サムは暖炉にもう一本丸太を入れてから、二人掛けのソファのレミに合流した。

フロビッシャーはふたりと向かいあったウイングバック・チェアにかけていた。フランネルの毛布をかけている。熱いシャワーを浴びてきたところだ。

サムはフロビッシャーを誘拐した謎の男を泥のなかに倒れたままにして、全速力でBMWに取って返し、レミが車を方向転換させて私道に向かった。警察が来る前に立ち去ろうという彼の判断は直感的なものだった。なにも悪いことはしていなかったが、警察の捜査に巻きこまれればフロビッシャーを襲った男と因縁ができる。あの男との距離はあればあるほどいい。サムの本能がそう告げていた。

サムが車に乗ると、彼らはブラック・ロードを急ぎ、そのあとマウント・ヴァーノン・ロードを西へ向かった。その三十秒後、回転灯が後ろの角を回ってブラック・ロードへ入っていった。サムの指示でレミは急いでUターンすると、路肩に車を寄せてヘッドライトを消し、緊急事態に応答してきた車たち——パトカー一台と、消防車一台か——がボイラー廃棄場にたどり着くまで待った。それからレミは動きだし、プリンセス・アンのほうへ向かった。四十分後にはB&Bの部屋に戻っていた。

「どうだい、気分は?」サムがフロビッシャーに訊いた。

「どんな気分だと思う? 誘拐されて暴行を受けたんだ」

フロビッシャーは六十代のなかごろで、修道僧のような頭の縁に生えている白髪を除けば頭は禿げ上がっている。ベン・フランクリンの半眼鏡をかけ、その奥の目は淡い青色。濡れて体が冷えて動揺している点を除けば、災難にあった名残は、拳銃で殴られた右頬のあざと腫れだけだ。

「〝誘拐と暴行〟も、〝誘拐と暴行と殺害〟よりはましだ」と、サムが意見を述べた。

「まあな」とフロビッシャーは答え、そのあと小声でなにごとかブツブツ言った。

「なんだって、テッド?」

「助けてくれてありがとうと言ったんだ」

「つらかったにちがいないわ、いまのを言うのは」と、レミ。

「想像がつかないくらいだな。しかし、本心だ。感謝する。ふたりとも」彼はブランデーの残りを飲み干し、ブランデーグラスをさしだしてお代わりを求めた。レミがつぐ。

「それで、何があったんだ?」と、サムがたずねた。

「眠りこけてたら、ドアをどんどんたたく音がして目が覚めた。ドア越しに誰だと訊いたら、〝近所のスタン・ジョンストンだ〟と言う。女房のシンディが具合が悪くなって、電話が故障していると言うんだ」

「実在の男か、スタン・ジョンストンというのは?」と、サム。

「もちろん実在する。北隣の農家の男だ」

そこには意味がある、とサムは思った。あの訛りからみて、襲撃してきた男は地元の人間でないと考えるのが妥当だろう。つまり、男はテッドの家の襲撃計画を練り上げてきたのだ。計略のために、近所の人間の名前まで調べあげて。

サムはDARPA時代に、CIA国家秘密局の作戦要員（ケースオフィサー）がどんな考えかたをし、どんなふうに仕事をするかわかるくらい、彼らとやりとりを重ねてきた。フロビッシャーを襲った男がとった行動は、明らかに〝プロの仕事〟だ。しかし、誰が雇ったプロなのか？　目的は？

「それであなたはドアを開けた……」と、レミがフロビッシャーの話をうながした。

「ドアを開けると、やつが飛びこんできて、おれを床に押しつけ、顔にあの銃を押しつけた。質問を浴びせ、怒鳴って――」

「何を訊いてきたんだ？」

「ガラスの破片のことだ。なんてことないものだ、ワインボトルの上げ底のところの。どこにあったか知りたいと言うから、教えてやった。するとやつは、おれの両手をなんかのテープで縛って、店内に押し入り、いろいろかき回した。そのあいだに何を壊したことやら。やつはかけらを手に戻ってきて、どこで見つけたと訊いてきた」

「どこで見つけたの？」

「正確なところは覚えていないんだ。本当に。ポコモク川の、スノーヒルの南のあたりだ。釣りをしてて――」

「釣り？」サムがおどろいて、たずねた。「また、いつから？」

「ずっと昔からだ、まぬけ。おい、おれが日がな一日、板や仕掛けをいじりながら店でぼんやり過ごしていると思うのか？　いま言ったとおり……釣りをしていたら、何かがひっかかった。ブーツの片方だった。古い革のブーツだ。そのなかにかけらがあった」

「そのブーツはまだあるのか？」

「おれをなんだと思ってるんだ、ごみ拾いか？　いいや、投げ返したよ。古い腐ったブーツだぞ、サム」

サムは手のひらを広げて両手を持ち上げた。落ち着けというしぐさだ。「わかった、わかった。話を続けてくれ。あいつはあんたに大声で質問を始め……」

「そのとき、電話が鳴った」

「ぼくからだ」

「誰か来ることになっているのかとあいつが訊くから、そう言えば出ていくと思って、来ると答えた。あいつは出ていかなかった。おれを車に引きずりこんで、あそこへ向かったんだ。あそこがどこかは知らないが。以上。あとは知ってのとおりだ」

「あの男、そのかけらを持っていたのか」サムがつぶやいた。「身体検査をしておくべきだったな」

「何回言わせるんだ、サム？　あのかけらにはなんの価値もない。ラベルも書きつけもない――ちょっとへんてこなシンボルがついているだけで」

「どんなシンボルだ？」

「覚えてない。うちのウェブサイトに写真がある。あれが何か知っている人間がいるかもしれないと思って、のせておいたんだ」

「レミ、頼んでいいか？」と、サム。

彼女はすでに立ち上がっていた。ふたりのラップトップを手に戻ってくると、コーヒーテーブルに置いて電源を入れた。三十秒後、彼女は言った。「あったわ、これね、テッド？」彼女はラップトップを回して、テッドから見えるようにした。

テッドは画面に目を凝らし、それからうなずいた。「ああ、これだ。な？　なんてことないものだろ」

サムはレミに顔を近づけて写真を見た。テッドが言うように、なるほど、緑色のワインボトルの上げ底のところのようだ。そのまんなかにシンボルがあった。形がはっきりするまでレミが画像を拡大した。

サムが言った。「全然、見覚えがないなあ。きみは？」

「ないわ」レミが答えた。「どんな意味があるか、わかる、テッド？」

「いいや、いまも言っただろ」

「これについて妙な電話が来たり、メールで問い合わせがあったりしなかったか？興味を示した人間はいなかったか？」

フロビッシャーがうなるように言った。「いや、ない、ひとつも。いつになったら家に帰れるんだ？　もう疲れた」

サムが言った。「テッド、それはやめておいたほうがいいような気がする」

「なんだって？　どうして？」

「あいつはあんたの住まいを知っているんだし――」

「ああ、やつなら、ただのどこかのマニアだ。たぶん、なにかにとり憑かれているのさ。ただのワインの瓶のかけらだし、あいつはそれを手に入れた。一件落着だ」

それはどうかな、とサムは思った。あの男はマニアにも麻薬中毒者にも見えなかった。理由はともかく、誰かがこの瓶の底を、この奇妙な緑色のガラスの破片を、きわめて重要なものと考えたのだ。人殺しもいとわないくらい重要なものと。


七〇キロ離れたところで、グリゴリー・アルキポフは低く垂れかかった木の枝の下に横たわって、じっと動かずにいた。顔は泥にまみれていた。レッカー車の運転手がルセーヌをつないでいるあいだ、目でサマセット郡保安官代理の動きを追った。脳の原始的な部分は、アルキポフに行動に出ろと言っていた。その衝動を抑えて、じっとしていることに神経を集中した。保安官代理とレッカー車の運転手の不意を襲って、あっさり片づけ、車を一台奪って夜の闇に消えるのは造作もないことだし、そのほうが満足がゆくのは言うまでもない。しかし、それをやったら、喜びでは補いきれない面倒を引き起こす。警官が殺されたとなれば、犯人の捜索が始まる。路上を封鎖したり、無作為に車に停止命令を出したりする。ＦＢＩがのりだしてくる可能性さえあった。どれも彼の任務にとっては喜ばしいことではない。

白くまぶしい光と近くで鳴っているサイレンの音で頭部の打撃から意識を取り戻して目を開くと、その先にはヘッドライトがあった。駆け寄ってくる者たちがいるにちがいないと確信し、じっと動かずにいたが、誰も来ないので、ゆっくり体を回して腹這いになり、ボイラーの陰に移動して、いま横たわっている木の茂みへ這い進んだ。

動くな、と彼は自分に命じた。ここを動かず、このまま姿を見られず、彼らが立ち去るのを待て。レンタカーのなかには偽の運転免許証と、好ましからぬ情報を消去したクレジットカードがある。どちらも、そこから警察が何かにたどり着けるようなものではない。ボイラー廃棄場は雨で泥沼と化し、残っていたら警察の興味をそそったかもしれない争いの跡も消えている。現時点で警察がつかんでいるのは、遺棄された車とオンスターに連絡があったことだけだ。オンスターへの電話はどこかのティーンエイジャーのいたずらと判断されるだろう。

それにしても、あれは巧妙なからくりだった、とアルキポフは思った。待ち伏せのしかたもだ。屈辱は屈辱だが、アルキポフのなかのプロフェッショナルはあの創意工夫を称賛していた。まったくいい度胸だ。足がずきずきしているが、ひとりになるまで調べるわけにはいかない。泥で石の衝撃が一部吸収されたとはいえ、小さいほうの指二本はたぶん折れている。痛いが、気力が萎えるほどではない。もっとひどい痛みも経験している。スペツナズでは、骨が一本折れたくらいでは治療を受ける正当な理由にならなかったほどだ。そしてアフガニスタンでは……ムジャヒディーン、つまりイスラム過激派の民兵は、一対一で正面切ってナイフとナイフで殺しあうのが何より好きな獰猛（どうもう）な戦士だった。思い出すべき傷はいくつもある。痛みは簡単なこと。気持ちの問題であって、それ以上ではない。グリゴリー・アルキポフはそれを知っていた。

それにしても、と彼はいぶかった。あいつら――助けにきたあの謎のふたりは何者だ？　ありきたりの心優しい人間ではあるまい。その点はまちがいない。あの行動は技術と勇気のしるしだ。機略にもすぐれている。フロビッシャーの友人、と男は言った。一瞬、口がすべったのだ。アルキポフはその情報をありがたく活用するつもりでいた。あいつらを見つけだす――できることなら、この事態を雇い主に報告しなければならなくなる前に。

あの骨董商と親しい連中にちがいない。さもなければ、命を危険にさらしたりするわけがない。しかるべき筋道をたどれば見つかるはずだ。フロビッシャーは破片を見つけた場所をすなおに教えようとしなかったが、あの男女のほうはもっと融通が利くかもしれないし。

協力的でなかったら、まあ、報復して、事を進めるだけだ。あの待ち伏せはいいアイデアだったが、同じくらい斬新な報復の方法を見つけてやってこそ公平というものだ。

7

ポコモク川

「テッドが自宅を空ける可能性は高いと思う?」レミがそうたずねて、船外機のスターター・コードをぐっと引いた。

サムは小舟(スキッフ)の舳先によじ登り、足で押して船渠(ドック)を離れた。「こっちの言いたいことは伝わったと思うが、テッドのことだから、どうかな。あの店は彼の命だし」

昨夜、さらに三十分フロビッシャーに質問し、話の全体像がつかめたと納得したところで、サムはフロントに簡易ベッドを注文し、すでに三杯のブランデーでほろ酔い加減だったテッドをそこに寝かせた。

翌朝、朝食をすませると、ふたりは休暇をとるようテッドを説得し、何本か電話をかけて、友人の友人の友人が所有するデラウェア州フェンウィック島のビーチハウスを見つけた。あそこまでフロビッシャーの行方を追跡できる人間がいるとは思えない。テッドがそこに宿泊するかどうかはわからないが、それがロープで縛りつける以外でとれる最良の方法だった。

問題は、これ以上関わるべきかどうかだ。テッドの性格と確固たる自由主義的理想によって、警察を巻きこむべきではないかという夫妻の提案は却下された。テッドは政府が大嫌いで、役立たずだと思っている。警察は報告を受け取って処理するだけでいいと断言していた。その点には、どちらかと言えばサムとレミも賛成だ。テッドを誘拐した男が、たどれるだけの痕跡を残していったとも思えない。

状況をいろいろ検討するうちに、サムは、入り江にはまっている小型潜水艦の身元を確かめるという当初の計画を再開し、それがすんだらパッティ・キャノンの財宝探しに戻ることに決めた。

エンジンが始動すると、レミは舟の向きを変え、舳先を川の下流へ向けた。エンジンはパタパタと小さな音をたてて、朝の冷気を切り分けていった。

「一日でどれだけの成果が出るかしら」空を見つめながら彼女は言った。

「アーメン」と、サムは答えた。

昨夜からの雨は夜明け前に上がり、真っ青な空のところどころにコットンパフのような雲が浮かんでいた。川岸で鳥がさえずり、枝から枝へ行き交っている。薄い霧におおわれた水面は、魚がぽんと顔を出して不用心なハエや水生の虫を捕まえ、あちこちでさざ波が立つときを除けば穏やかだった。

「ねえ」レミが言った。「わたしがどんなにあなたのことを誇りに思っているか、もう話したかしら？」

「どこに？　今朝、あのクロワッサンを見つけてきたことかい？」

「ちがうわよ、ばかね。昨夜のことよ。あなたはほんとに勇敢だったわ」

「ああ、それなら聞いた。ありがとう。しかし、ぼくにはすばらしい協力者がいたことを忘れるな。きみがいなかったら、ああはいかなかったさ」

レミは肩をすくめ、賛辞に微笑んだ。「でも、泥まみれであの鉄筋を手に歩いていったあなたは、なかなかセクシーだったわよ。まるで穴居人」

「うおーお」

レミは声をあげて笑った。

「ちなみに、きみのセーターにはすまないことをした」

彼女のカシミヤのタートルネックは昨夜の冒険を生き延びることができなかった。濡れたヤギのような独特のにおいがしみついてしまったのだ。

「ただのセーターだし。取り替えが利くわ――なんにでも同じことが言えるわけじゃないけど」と、レミは愛情のこもった微笑みを浮かべて言った。

「わかってるよ、それくらい」と、サムは言った。

「二度と同じ轍を踏まないよう、手を打ったのだろうな?」ハデオン・ボンダルクがたずねた。

アルキポフはこぶしが白くなるくらい、耳に当てた受話器をぎゅっと握りしめた。

「はい。いちばん優秀な部下三人を呼び寄せました。彼らがいれば相手の一時間先を行くことができます」

「じゃまをしたふたりの名前は?」と、ボンダルクがたずねた。

アルキポフの予想どおり、フロビッシャーを助けにきたふたりの正体は比較的簡単に突き止められた。

保安官代理とレッカー車の運転手が立ち去ったあと、アルキポフが道路をなかば小走りし、なかば足を引きずって、いちばん近くの農家にたどり着くと、納屋の裏でシヴォレーの古いトラックがキーを差したままになっていた。それを運転してフロビッシャーの店に戻り、ガレージの裏にトラックを止めると、店に入って、なかをめちゃくちゃに壊し、必要なものを十分で見つけた。フロビッシャーのローロデックス（回転式住所録）には三十か四十くらいしか名前がなかった。半分は仕事関係、もう半分は個人的につきあいのある人間で、夫婦は八組だけ。ただちにグーグルで検索すると、必要な情報が見つかった。

フロビッシャーの家からプリンセス・アンのグレイハウンドのバス乗り場までは、車で十五分の短い道のりだった。トラックを裏通りのわき道に止め、近くのごみ箱のコーヒーかすとケンタッキーフライドチキンの骨が入ったバケツの下にナンバープレートを押しこんだ。

二十分後、彼はコインロッカーからリュックを回収し、別の免許証とクレジットカードで近くの〈モーテル６〉に宿泊の手続きをした。

「サムとレミのファーゴ夫妻です」アルキポフはボンダルクに告げた。「彼らは――」

「どういう人間かは知っている。トレジャーハンターだ。それも腕のいい。ちきしょう！　これはよくない兆候だ。やつらがそこにいたのが偶然であるはずはない。

フロビッシャーは自分が何を手に入れたか知って、ふたりを呼び寄せたにちがいない」

「それはどうでしょう。これまでに多くの人間を尋問してきたから、嘘をついていればわかります。フロビッシャーの言葉に嘘はなかったという確信があります」

「おまえの言うとおりかもしれないが、嘘をついていたと想定しろ。ファーゴたちがわれわれと同じものを追っていると想定し、それに応じて行動するんだ」

「承知しました」

「いつ出発する？」

「もう船の準備はできています」ファーゴ夫妻の名前と詳細をつかむと、スノーヒルの貸しボート屋でクレジットカードの支払い記録をたどるのは簡単だった。「追いつくのにたいして時間はかかりません」

見つけるのに苦労しないよう、サムは入り江の位置を注意深く地図に記しておいた。前夜の雨で入り江の入口にはさらに木の枝が積み重なっていた。いまでは鴨の隠れ処のようだ。枝と葉が十字に交差してパッチワークを織り成していた。折れて落ちてはいたが、まだ一様に緑色を維持している。もやい綱がぴんと張るまで舟をただよわせ、綱がはずれないことをサムは確かめた。レミがすっと水中に入って、土手に上がった。サムは土手まで泳ぐと、レミに道具の入ったダッフルバッグふたつを手渡し、彼女の手につかまって土手に上がった。

サムが両肩にひとつずつバッグをかけて先に立ち、土手にそって背の高い草と低木を通り抜けていく。五、六メートル陸側へ方向を変え、最後に入り江の端にたどり着いた。左側の下草の向こうに木の枝が積み重なっているのが見え、その向こうに川の主流が見えた。前回同様、入り江は不気味なたたずまいだ。ここの緑のトンネルだけが、なぜかまわりの世界から切り離されてしまったような感じだ。

もちろん、おそらくこの感覚は、一メートルくらい先の水面から原始時代の海蛇の首のように突き出ている、藻におおわれた潜望鏡と関係があるのだろう。

「なんだか気味が悪くない？」レミがそうささやいて、寒さを防ごうとするかのように腕をかかえた。

「なんだかどころじゃない」サムは同意して、ダッフルバッグを下ろし、何かを期待しているみたいに両手をこすり合わせた。「恐れるな、ファーゴ夫妻ここにあり」

「ひとつだけ約束して」と、レミが言った。

「なんだい？」

「これが終わったら、休暇をとるって。ちゃんとした休暇らしい休暇よ」
「行き先は任せた、ミセス・ファーゴ」

　初めにすべき仕事は、水中に潜って潜水艦のおおよその状態を判断し、身元の特定に役立ちそうな特徴がないかを探し、できたら入口を見つけてくることだ。サムは最後のところをまだレミに言っていなかった。この残骸のなかに入ることを、彼女が許してくれないのはわかっていたからだ。それが分別ある判断なのは認めざるをえない。だが、サムには自信があった。自分の潜水技術には自信があるし、レミも頼りになるから、どんな事態が起こってもたやすく対処できるだろう。

　潜水マスクと足ひれ(フィン)、防水懐中電灯と予備の電池、ナイロン製の牽引(けんいん)ロープが四巻きに、サムが調べているあいだにずり落ちないよう潜水艦をいまの場所に固定する逆転防止装置(ラチェットブロック)を三つ持ってきた。この装置を通したロープは、片方にはなめらかに通るが、反対側には通らなくなる。作業がそこまで進めばの話だが。

　これに加えて、サムは前日にスペアエアの緊急用ポニー・タンクを三つフェデックスで送ってほしいと、セルマに頼んでおいた。それぞれにおよそ六十呼吸ぶん、つまり二分から五分もつくらいの空気が入っている。

「その表情、知ってるわよ、ファーゴ」と、レミが言った。「なかに入りたいんでしょう?」

「入っても安全な場合に限る。ぼくを信じてくれ、レミ、アドレナリンなら、きのうの夜で元どおりになった。愚かな危険を冒すつもりはない」

「わかったわ」

サムは土手をすべり下りて水に入り、潜望鏡が突き出ているところへ泳いでいった。潜望鏡をつかんでいちどぐいっと引き、何度か揺すってみた。しっかりしているようだ。レミが二本のロープの端を投げてよこし、サムは両方をしっかり潜望鏡に結びつけた。レミはロープの反対側の端をつかんで、それぞれラチェットブロックに通し、それを手近な木に結びつけた。サムがふたたび土手をよじ登ってくると、ロープがぴんと張り詰めるまでふたりでラチェットのクランクを回した。

「これで、動かない。よし、急いでぐるりと周囲を見てこよう。三分だけだ。それ以上はやらない」

「そのあいだ、わたしは――」

「シッ」サムが指を一本口に当ててささやいた。

首をめぐらせて、耳を澄ませる。五秒ほどして、遠くからかすかに船のエンジン音が聞こえてきた。

「こっちに来る」と、彼は言った。

「ただの釣り人よ」

「おそらくは」しかし、昨夜のあとだけに……

　サムの頭に引っかかっていることがあった。潜水艦の場所とテッドが上げ底の破片を見つけた場所が近いことだ。このふたつにつながりがあるとは思えないが、テッドを襲った男がポコモク川のこの一帯を調べてみようと考えてもおかしくない。

　ダッフルバッグのひとつのそばにしゃがんで、なかをかき回し、双眼鏡をとりだした。レミを後ろにしたがえ、舟をつないだ土手まで駆け戻る。ふたりで背の高い草むらにひざを突き、サムが双眼鏡を上流に向けた。

　数秒後、高速モーターボートが川の曲がり目を回ってきた。男が四人乗っている。ひとりが操縦席、ひとりが船首、あとのふたりは後部甲板（アフターデッキ）にすわっていた。サムは操縦者の顔を拡大した。

　顔に疵がある。「やつだ」と彼はつぶやいた。

「冗談でしょう」と、レミが返した。

「だったらいいんだが」

8

「小舟（スキッフ）を！」と、サムがささやいた。「行くぞ！」

彼は腹這いで土手をすべり下りて、水に入った。すこし上流で、顔に疵のある男が高速艇を別の入り江の入口に向け、舳先の男がそこを双眼鏡で調べていた。〝疵面（スカーフェイス）〟の声が水上を反響してサムの耳まで届き、そのあと別の声が「いない（ニエット）」と言った。

すばらしい。ロシアのちんぴらがまた増えた。

サムは舟をもやった場所まで泳ぎ進むと、急いで結び目をほどき、引き返して舳先の索止め（クリート）をつかんだ。肩越しにさっと振り返る。〝疵面〟がモーターボートの向きを変えていた。

「サム……」

「やつらが見えた」

サムはもやい綱を片方のこぶしに巻きつけ、レミの手につかまって土手を上がった。「引っぱれ」彼はささやき声で言った。「力いっぱい！」

ふたりで綱を引いた。舟の舳先が土手にドンと当たり、すこしずつ土手を上がりはじめる。

モーターボートとの距離は三〇〇メートルくらい。男たちの注意は反対側の岸にそそがれているようだが、いつ状況が変わってもおかしくない。サムはそれを心得ていた。向こうが視線をいちどひょいとそらしたら、おしまいだ。

「引っぱれ、レミ」

ふたりでもういちど綱を引いた。サムは足を開いてかかとを土にめりこませ、首の筋がふくらむくらい力をこめた。舳先は土手の縁を越えたが、水から出て重くなった電気モーターが抵抗を始めた。舟がずるっと後戻りする。

「もういちど、力をこめて」サムが言った。「いくぞ、いち……にの……さん！」

舟は弧を描くように土手の縁を乗り越え、平らな地面へ落ち着いた。サムとレミは体を寄せあい、草むらのさらに奥へと舟を引き入れた。

「伏せて、サム」

レミがぱっと腹這いになり、直後にサムもそれに倣(なら)った。ふたりはじっと動かず、呼吸をととのえる努力をした。

「見つからずにすんだと思う？」レミがささやいた。

「すぐわかる。まずいことになったら、きみは全力で走ってくれ。森を目指し、振り返らずに」

「だめよ、サム――」

「シーッ」

モーターボートのエンジン音が刻一刻と大きくなってくる。ふたりのいるところへまっすぐ向かってきているような気がした。

そのとき、〈疵面〉の声がした。「見えたか？」

「見えません。どんなものですか？」

「小舟(スキッフ)だ。長さ四メートルくらいの」

「こっち側にいることはありえません」声が言った。「ここにはなにもない。もうひとつのほうでしょう。あっちには身を隠せる側水路がたくさんありますから」

「たしかに」

エンジン音が遠ざかりはじめ、水上をしだいに小さくなっていき、サムとレミには遠くでこだまする音しか聞こえなくなった。

「別の側水路へ行った」サムがひざ立ちになって草の上からのぞいた。「よし。もう見えない。行ってしまった」

レミは仰向けに寝ころがって吐息をついた。「神様、ありがとう」

サムも彼女のそばに寝ころんだ。レミが彼の肩に頭をのせた。

「どうする?」サムがたずねた。「続行か、断念か」

彼女はためらうことなく言った。「ここまで来たのよ。謎を解かずに逃げ出したら、名折れだわ」

「それでこそ、ぼくの愛する女だ」と、サムが言った。

「なあに? 向こう見ずな心得ちがいの女ってこと?」

「いいや、勇敢で決意が固いって意味さ」

「あなたはじゃがいもをポテイトウと言い、わたしはポタートウと言う……」レミはガーシュウィンの《踊らん哉(かな)》の一節を口ずさんだ。

「よし、作業に戻ろう」

サムはマスクに唾を吹きかけ、水中に浸してから、顔に装着した。曇り止めだ。レミは不安の面持ちで土手に立ち、両手を腰に当てていた。

「ひとめぐりしてくるだけだ」と、彼は請け合った。「なかに入れたときのために、空気は節約する。ないとは思うが、潜っているあいだに潜水艦がぼくのほうへ傾いてきたら、とにかく、全力であのラチェットブロックを引いてくれ。ぼくが、そうだな、四時間から六時間上がってこなかったら、心配しはじめてもいいぞ」

「おばかさん」

「砦の守りはまかせたぞ、戻ってくるからな」

サムは懐中電灯のスイッチを入れて、大きく息を吸いこみ、水のなかへ潜っていった。左手を伸ばし、フィンを使って下へ向かう。一メートル潜っただけで、藻におおわれた水は深い緑色に変わり、すこし前しか見えなくなった。懐中電灯の光のなかに沈殿物や少量の植物が渦を巻き、サムはスノードームに閉じこめられた悪夢を見ている心地がした。

手が硬いものに触れた。船体（ハル）だ。さらに進み、曲面を手でたどっていくと、懐中電灯の光のなかに船底が現われた。竜骨（キール）は沈んだ材木が寄せ集まった上に位置していた。不安定ながらバランスはとれていて、潜水艦が傾いてのしかかってくることはなさそうだとわかり、ほっと安堵の思いが押し寄せた。肺が焼けつきそうに痛みだし、フィンで水面へ向かった。

「だいじょうぶ?」サムがひと息つくと、レミがたずねた。

「ああ。いい知らせだ。潜水艦はおおよそまっすぐに立っている。よし、もういちど行ってくる」

サムはふたたび水中に潜った。こんどは船のそばを進みながら、船体の直径を推定した。キールのところで船の後部へ方向転換すると、まんなかくらいで船体から縦に突き出ている取りつけ金具のたぐいに遭遇した。いっとき、自分の見ているものが何か理解できなかった。前に見たことがある……以前の調査で見た写真のなかにあった。答えが浮かぶと、胃がきゅっと縮んだ。

魚雷架だ。

泳ぐのをやめて、懐中電灯で底をずっと照らしていき、新しい日でそれを見た。あの一見無害そうな沈んだ丸太は、まったく別のものなのか?

後部に向かってまた泳いでいくと、しだいに細くなっていく葉巻の端のような部分を懐中電灯の光がとらえた。横から水平舵が突き出ている。それを引いて体を縦に戻し、船体にそって上昇すると、パズルの最後の一片が見えてきた。船体の裏側から別の管が立ち上がっていた。高さは五メートルくらい、直径は肩幅くらい。

入口のハッチだ。

サムは上に戻ってポンと水面を飛び出し、水を切って土手にたどり着くと、レミの手を借りて水から出た。フィンとマスクをはずし、しばらくかけて考えをまとめた。

「それで?」と、彼女がうながした。

「ダッフルバッグのなかにマニラフォルダーがある。取ってきてくれないか?」彼女は三十秒くらいでフォルダーを手に戻ってきた。サムはばらばらの紙を二分くらいかけて前後にめくっていき、一枚を抜き出してレミに手渡した。

「モルヒ」彼女が読み上げた。「いったい……」

言葉が尻すぼみになり、彼女はそのまま読みつづけた。

サムが言った。「〝モルヒ〟は〝火蜥蜴(サラマンダー)〟という意味だ。一九四四年にナチス・ドイツが製造した、超小型(ミゼット)魚雷潜水艦の等級だ」

モルヒはA・G・ヴェーゼルというブレーメンの会社がドイツ海軍のために製造した。ハインリッヒ・ドレーガー博士の頭脳の産物だ。全長一〇メートル。甲板からキールまで一メートル弱。最大船幅二メートル弱。ひとり乗りで、左右の魚雷架にG7e魚雷二基を搭載し、潜水能力は水深三五メートル、最大水中速度は三ノットで、航続距離は五〇海里。三ノットと言えば、人がふつうに歩くくらいの速さだ。

攻撃兵器としてのモルヒはドイツの超小型潜水艦の大半と同じく、おおむね失敗だった。操縦がむずかしく、あまり深くは潜れず、航続距離も限られていたため、補助艦に支援と配備を頼っていた。

「まちがいないの、サム?」と、レミがたずねた。

「まちがいない。すべてぴったり当てはまる」

「いったいどうしてそれがこんなところに?」

「当てはまらないのはそこだ。これまでに読んだかぎり、こいつが戦闘に加わったのはオランダとデンマークとノルウェイと地中海だけだ。モルヒがこんな西へ配備されたなんて記録はどこにもない」

「何隻ぐらいあったものなの?」

「四百隻くらいだが、大半は沈んだり行方不明になっている。いわゆる〝死の罠〟だ、レミ。超小型潜水艦の任務に志願するのは、頭のおかしなやつだけだった」

「ひとり乗りって言ったわね。まさか……」

「なかに入ってみないとわからない」

「もうひとつ、すてきな言葉を口にしたわね――魚雷って」

「そこには危険がともなう。ぼくの予感だが、こいつは六十年余りに及ぶ高潮でこんな上流まで押し流されてきたんだ。たぶん、どっちの魚雷も、発射装置があったとしてもずっと前に外れているだろう」

「まあ、小さいながら慰めにはなるわ」レミが答えた。「いつかその魚雷に出くわす運の悪い漁師は別にして」

「しかるべきところに連絡する必要がある。沿岸警備隊か、海軍に。これをどう処理するかは見当もつかないが」

「いちどにひとつずつ片づけましょう」

「そのとおりだ。ステップ・ワン。あの下に六十歳の生きた魚雷が二匹いないか確かめよう」

9

サムはスペアエアのポニータンクを使って、モルヒの底を船首から船尾まで調べていった。潜水ナイフの先で丸太を軽くたたき、金属的なカチャンという音が返ってこないことを祈った。運は持ちこたえた。聞こえたのは、腐った木がたてる鈍い音だけだった。

積み重なった丸太のてっぺん近くを見たところ、多くの丸太にまだ樹皮が残っていて、サムはモルヒがここに沈んだのは最近ではないかと推測した。嵐によって主流からこの入り江まで押し流されてきたのだろう。だとすれば、魚雷を積んでいたとしても、ポコモク川の主流のどこか、三〇キロくらい南にある湾とここのあいだのどこかで失われた可能性が高い。

理にかなった考えだが、理屈は理屈にすぎない、とサムは自分に言い聞かせた。

船底を調べおわると、次の作業に移った。モルヒの船体(ハル)に外傷は見えなかったが、だからといって内部が水浸しになっていないとは限らないし、水浸しになっていたら運の尽きだ。モルヒはほかの潜水艦に比べれば小さいが、決して軽量ではない。一一トンの重さがある。そこに内部に入りこんだ水が加わると、ロープとラチェットブロックがどんなにしっかり仕事をしても、この超小型潜水艦(ミゼット)がタイタニック号になる可能性はゼロではない。

サムは後部の端から前へ移動し、一メートルごとにこぶしで船体を軽くたたいて反響音に耳を澄ませた。うつろな音だ。いやはや、こんな幸運があるだろうか……?

彼は水面に戻って、また土手をよじ登った。

「いい知らせと悪い知らせがある」と、サムは言った。「どっちを先に聞きたい?」

「いいほう」

「下に魚雷はないと九〇パーセントの確信が得られ、内部に水は浸入していないと九〇パーセントの確信が得られた」

「悪いほうは?」

「下に魚雷がないという確信が九〇パーセントしかないことだ」

レミはしばらく考えて、それから言った。

「まあ、あなたの確信がまちがっていたら、せめてふたりでこの世とお別れしましょう――手に手をとって、華々しく」


サムはこのあと一時間をかけて、潜水艦にロープをとりつけ、その配置と角度と三つのラチェットブロックの固定点（アンカーポイント）を繰り返し確認した。ブロックを土手にそって扇の形に広げ、それぞれを成木の根元にしっかり固定した。ロープの反対端は、モルヒの船首の索止め（クリート）と入口のハッチとプロペラシャフトにつないだ。

準備中にまた二回、ゴロゴロとボートのエンジン音が聞こえ、そのつどふたりは草むらを出て川の見晴らしが利く地点へ這い戻った。最初のボートはカワカマスの流し釣りにやってきた父親と息子だった。

そのわずか五分後にやってきた二艘目は、スノーヒルのある上流に向かって戻ってきた〝疵面（スカーフェイス）〟一味だった。前回と同じように対岸のそれぞれの入り江の前で減速して、〝疵面〟が操縦を受け持ち、別のひとりが舳先にひざを突いて双眼鏡で水路を調べていった。十分をかけてこの作業をすませると、彼らは川の曲がり目から姿を消した。サムとレミはさらに五分待ち、まちがいなく移動していったことを確かめてから作業に戻った。

船内に空気がたっぷりあるとはいえ、潜水艦を転がすには適切な方法で適切な力をかける必要がある。サムはメモ帳に計算式を走り書きし、可能なかぎりの準備がととのったという確信を得られるまで、力のベクトルと浮力の変数を計算した。

「丸太からはずれたら、すぐにわかる」サムが言った。「沈んでしまえば、それでおしまいだ。ハッチを開いても、水浸しになるだけだ。水に浮いたら、まだゲームは続く」

ふたりはもういちど計画をおさらいし、そのあと自分の位置についた。サムは真ん中のラチェットブロック。レミは船尾のラチェットブロックだ。

「準備はいいか?」と、サムが呼びかけた。

「いいわ」

「丸太からはずれるのが見えると同時に回しはじめろ」

「了解よ」

サムはラチェットのクランクを一秒に一回くらい、ゆっくり回しはじめ、ぴんと張ったロープの音と鋼鉄のうめきに耳を傾けた。三十秒と四十回転ののち、川からバリバリッと小さな音がして、そのあとスローモーションのようにモルヒの潜望鏡が彼らのほうへ揺れはじめた。

もういちどバリバリッとくぐもった音がして、サムの心の目には竜骨（キール）の下の丸太が折れるところが見えた。足にわずかに震動が伝わり、そのあとロープがゆるんだ。

「レミ、全速力だ！」

ふたりでラチェットの操作にとりかかった。十秒後、サムのほうのロープがまたぴんと張った。全速力で船首側のブロックへ駆けこみ、ロープがぴんと張って震えるまで回した。レミのほうをちらっと見ると、彼女のロープも震えていた。

「よし、ストップ！」

レミがぴたりと動きを止めた。

「歩いて草むらへ戻ったら、腹這いになって、危険なしの合図が出るまで待て」

張り詰めたロープのどれかが切れたら、ものすごい力で跳ね戻る。

サムはロープの上に手を軽く添えて、震えを感じながら前進した。入り江の縁にたどり着いて、下を見た。

「わが愛しの物理学よ」と、サムはささやいた。

モルヒは三〇度くらい傾いて土手に寄りかかっていた。潜望鏡は木の枝に突っこみ、泥におおわれた入口のハッチが水面から突き出していた。

レミが彼の肩口へやってきた。そして、「ワーオ」とささやいた。

「まさしく〝ワーオ〟だ」


ふたりはハッチに巻きつけたロープにもう一本ロープをつなぎ足し、船首と船尾のブロックをすこしずつゆるめてロープを二重にし、もっと土手に近い木にしっかり巻きつけなおした。サムはロープの一本をバランス調整に使い、モルヒの甲板上に用心深く足を下ろした。甲板はうめきをたてて動き、すこしだけへこんだが、それ以外はしっかりしていた。

サムが「光栄に浴したいか？」と、ハッチをあごで示した。

「もちろん」

「そら」

サムの投げたハンマーをレミは空中でつかみ、甲板に足を乗せて、ハッチの横にひざを突いた。ハッチの鉄釘のような四本のレバーをそれぞれコツコツたたき、そのあとハンマーをわきに置いてレバーを試した。動かない。三度同じプロセスを繰り返すと、こんどはすべてのレバーがゆるみ、かん高い音をたててはずれた。

レミはいちど息を深く吸い、大きく見開いた期待の目でサムを見てからハッチを引き上げた。たちまち彼女は鼻にしわを寄せ、頭をのけぞらせた。「うえっ、ひどい……」

「乗組員がまだなかにいるかどうかという疑問への、答えのようだな」と、サムが言った。

「ええ、その点に疑問の余地はないわね」とレミは答え、鼻をぎゅっとつまんで、開いたハッチの内部に目を凝らした。「わたしの目をじっと見てるわ、彼」

遺体はドイツ海軍の帽子をかぶり、紺色のつなぎの服を着ていた。しかし、サムとレミが見ているものに〝遺体〟という表現は悲しいくらい不適切な気がした。

モルヒの風通しの悪い乾いた内部から六十四年間出られなかった遺骸は、変わり果てていた。一部液状化し、一部ミイラ化しているとしか、サムには表現のしようがなかった。

「窒息死と考えて、まずまちがいないわ」レミが言った。「死んだあとに腐敗が始まったでしょうけど、酸素がなくなるとそのプロセスはゆっくり停止して、彼は……言うなれば、生焼けの状態になった」

「うお、そいつはうまそうだ。いつまでもそのイメージを持ちつづけよう」

遺骸ははしごの下の甲板に倒れて手足を投げ出し、硬化した片方の腕がひとつの段にかかっていた。この位置が彼の最後の数時間——もしくは数分——を雄弁に物語っていた。明かりの消えた筒のなかに囚われの身となり、酸素を吸いこむたびに死神の手が首を締めつけてくることを、彼は知っていた。絶対起こりえないと心の底ではわかってはいただろうが、それでも奇跡をなかば期待して、唯一の脱出口に引き寄せられてきたのは当然のことかもしれない。

「なかを見てくるあいだ、ここにいてくれるかい?」と、サムが言った。

「いいわよ」

サムは懐中電灯のスイッチを入れて、ハッチに両足をすべりこませ、足で探ってはしご段を見つけ、下りはじめた。下まで一メートルくらいで遺骸の反対側へ飛び降り、腕を使って甲板に体を沈めた。

たちまち暗澹(あんたん)たる思いが押し寄せてきた。閉所恐怖症ではないが、なぜかここでは勝手がちがった。内部にはまっすぐ体を立てられるだけの高さはなく、横幅も腕を伸ばしきれるかどうかだ。まるで地下牢のようだ。鈍い灰色の隔壁を、ケーブルとパイプが飾りたてている。みんな、どこまでも伸びていきそうでいながら、すぐ行き詰まりそうな気もした。

「どう?」レミが上から呼びかけた。

「おぞましい、としか言いようがない」

サムは遺骸のそばにひざを突き、注意深くポケットを調べはじめた。どれも空っぽだったが、胸ポケットにだけは札入れがあった。サムはそれをレミに手渡し、また向きなおって前に進みはじめた。

モルヒの内部にあまり特筆すべきところはなかったが、船首前方の区画にメイン・バッテリーがあり、その後ろに一対の浮上用バラストタンクがあって、そのあいだに操縦用の座席があった。操縦と航法と速度と動力と深度を制御する装置だけでなく、敵の艦船を探知する原始的な水中聴音装置までそなわっていた。

座席の下に小さな道具箱があり、ルガーの拳銃と予備の弾倉(マガジン)を収めた革のホルスターがあった。これらをサムはポケットに入れた。

浮上用タンクの下に隔壁があり、そこに長方形の小さなトランクがボルトで固定されていた。片方には水差しが六つ。どれも空っぽだ。その倍の数、空の食料缶詰があった。もう片方のトランクには、革のかばんと、固い表紙の黒革の日誌が二冊あった。サムは日誌をかばんにすべりこませ、最後にもういちど周囲を見まわした。

何かが彼の目をとらえた。小さな繊維のようなものがトランクの後ろから突き出している。ひざを折ると、黄麻布(おうまふ)の大袋だった。そのなかに大きさも形も焼きたてのパンくらいの、蝶番(ちょうつがい)がついた木箱があった。袋をわきに挟んではしごに戻り、すべての品をレミに手渡して、はしごを登った。登りきったところで足を止め、下の遺骸を振り返る。

「かならず故郷に帰してやるからな、船長」と、彼はささやいた。

甲板に戻ると、サムはロープをしっかりつかみ、レミが土手に飛び戻りやすくした。足を踏ん張ったとき、爪先が黄麻布の袋に当たった。なかからチャリンと小さなガラスの音がした。

好奇心をかきたてられ、ふたりで甲板にひざを突いた。レミがリュックを開けて、箱をとりだした。なんのしるしもない。真鍮(しんちゅう)のかんぬきを慎重にこじ開けて、ふたを開くと、年月を経た油布(オイルスキン)の束のようなものが現われた。レミがその一枚をはがす。

ふたりとも、日差しを受けたその物体を呆然と見つめて、十秒くらい——もっと長く感じたが——口を開くことができなかった。レミがつぶやいた。「信じられない。信じられる?」

油布のなかにはボトルがあった。緑色のガラスのワインボトルだ。

サムは返事をせず、かわりに右手の人差し指で箱からすこし端を持ち上げると、瓶の底が見えた。

「なんてことなの……」レミがつぶやいた。

ガラスに刻まれていたシンボルは、ふたりのよく知るものだった。

10

カリフォルニア州、ラ・ホーヤ

「あの人、かわいそうだった」レミが言った。「あんな死にかた……想像がつかない」

「想像したくない」と、サムが返した。

ふたりはヤシの鉢植えとあふれんばかりのシダに囲まれたサンルームの寝椅子に手足を伸ばしていた。トスカーナの石畳風の豊かな色調を、真昼の太陽がくっきりと際立たせている。ここはこの家の部屋でもふたりのお気に入りのひとつだ。簡単に手に入る代物ではない。

ゴールドフィッシュ・ポイントと太平洋の藍色の海を見晴らす絶壁の上に、ファーゴ夫妻の自宅兼活動拠点は立っている。広さ一〇〇〇平方メートル超、四階建てスペイン様式の家にはカエデ材の梁(はり)を渡した丸天井があり、補修員が毎月八時間をかけてせっせと取り組まなければならない窓と天窓がたくさんあった。

四階にはサムとレミのマスター・スイートがあり、その下の階には来客用のスイートが四つ、リビングがひとつ、ダイニングがひとつあり、絶壁の上に突き出たキッチンと大きな居間があった。二階のジムにはエアロビクスとサーキットトレーニング用の運動器具が並び、全長三〇〇メートルの堅木張りのフロアにはスチームバスと、ハイドロワーク社のエンドレス・ラップ・プール、そしてレミのフェンシング場とサムの柔道の稽古場がある。

地上階にあるサムとレミのオフィスは二〇〇平方メートルの広さで、隣にはマック・プロのワークステーション三つを完備したセルマの作業室があった。三二インチのシネマ・ディスプレイがいくつかに、壁掛け式の三二インチ液晶テレビも二台ある。東側の壁にはセルマ自慢の、長さ四メートル、容量五〇〇ガロンの海水の水槽があった。

サムがレミに言った。「苦しまず、すぐに息を引き取ったならいいがと、願わずにいられない」

問題の男、モルヒのはしごの下に手足を投げ出して倒れていた気の毒な人物は、ふたりが船内で見つけた日誌のおかげで、もう名前がわかっていた。マンフレッド・ベーム。マンフレッド・ベーム海軍少佐（コルウェッテンカピタン）だ。日誌のうち一冊はモルヒの航海日誌と判明した。もう一冊は第二次世界大戦の初期までさかのぼる、ベームの個人的な日記だった。

サムとレミが大まかな翻訳のできるソフトでただちに読みはじめると、すぐにわかってきた――これはベームと潜水艦両方の遺書のようなものであると。やがて、潜水艦にはUM‐34という名前があることもわかった。モルヒ型水中船、製造番号三十四番という意味だ。

サムはUM‐34の航海日誌に神経を集中し、船がどこから出発して、なぜポコモク川の入り江につかまるはめになったのか、その全体像を描き出す努力にいそしんだ。いっぽうレミはベームの日記を読み通し、軍服と階級を超えたこの男の人物像をつかむ作業に取り組んだ。

ふたりは小舟（スキッフ）を荷造りしてモルヒをあとにしたが、彼らが戻ってくるのを〝疵面（スカーフェイス）〟の一味が待ち伏せしているものと想定し、スノーヒルも、舟を借りたマクシンの〈ベイト&ボート〉も避けるのが賢明と判断した。その選択肢を捨て、エンジンを動かして一五キロ下流へ向かい、ハイウェイ百十三号線とポコモク川がいちばん接近するウィロウ・グローヴのすぐ南で岸に上がった。そこからまずポコモク市のタクシーを呼び、そのあとマクシンのタクシーも呼んだ。サムは運転手に状況をぼかして手短に説明をした。呼び出しに応じて舟を回収してくれたその運転手にはチップをはずんだ。最後にB&Bのマネジャーに電話をかけると、ふたりの所持品はカリフォルニアへ送り返してもらえることになった。

五時間後、ふたりはノーフォーク国際空港で、カリフォルニアへ戻る飛行機に乗りこんでいた。

自宅に戻ると同時にUM-34から回収した瓶をセルマに渡し、セルマは彼女の助手をつとめるピーター・ジェフコートとウェンディ・コーデン（周囲からよく口にされる『ピーター・パン』がらみのジョークも、ふたりは気に入っている）と仕事場に閉じこもった。それ以来、まだセルマから連絡はない。答えが出るまで終わらないマラソン調査のまっただなかだ。

仕事場から一歩外に出れば、ピートとウェンディは典型的なカリフォルニアの二十代だ。おおらかな笑顔に、日差しで際立つブロンドの髪、日に焼けた肌と細身の体の持ち主だが、こと知性に関しては、凡庸とはかけ離れている。ふたりとも南カリフォルニア大学をトップクラスで卒業した。ピートは考古学の学士号、ウェンディは社会科学の学位を取得している。

サムとレミが見つけてきたものがなんであれ、あの瓶にあった虫のシンボルがテッドの破片にあったものとまったく同じである点に疑いの余地はなく、瓶の出どころにもまず疑いの余地はなかった。瓶のラベルに記されていたのはフランス語だった。それも、手書きの。

たちまち疑問が積み上がってきた。このふたつを結ぶ線は？　あのシンボルにはどんな意味があるのか？　どちらの瓶もＵＭ‐34に乗って現地を旅立ったのか、そうであれば、なぜ離ればなれになったのか？　そして最後に、あの瓶のどこに人の命を奪っても手に入れたいと思わせるほどの値打ちがあるのか？

メリーランド州を発って以来、サムとレミの良心をつつきまわしている問題があった。ＵＭ‐34そのものとベームの遺骸をどうすべきか？　判断は微妙なところだが、あの潜水艦は考古学的遺跡であるという主張もありえるし、へたをするとふたりは墓泥棒になる。調査がすんだら、ベームの財産はドイツ政府なり、一族や子孫といった正当な持ち主にすべて返還すると誓うことで、彼らは自分を慰めた。

UM‐34とはできるだけ大きな距離をおきたいと考えて――“疵面(スカーフェイス)”が追っているのがあれなのは、いまや明らかだ――弁護士に電話をすると、潜水艦が責任ある関係者の手で発見され、ポコモク川の底に魚雷が眠っている可能性についてしかるべき当局者に警告が届くよう確実を期す、との返事が返ってきた。

「彼には奥さんと息子がいたわ」レミが日記のページから目を上げずに言った。「デュッセルドルフ郊外のアルンスブルク。奥さんはフリーダ、息子はヘルムート」

「そいつはすばらしい。だったら、そこに家族がいる可能性はかなり高い。引っ越していなければ見つかるだろう」

「航海日誌の進捗状況は？」

「すこしずつだ。地図に座標を記すことから始めなくちゃなるまいが、この34はベームがガートルードと呼んでいた補助母艦に属していたらしい」

「ガートルード？　ドイツ海軍が船にそんな――」

「いや、これは暗号名(コードネーム)にちがいない」

「秘密の暗号、行方不明の潜水艦、謎めいたワインの瓶。サスペンス小説みたいな話ね」

「すべての謎が解けたら、いっちょう……」

レミが声をあげて笑った。「スケジュールは立てこんでいるけど」

「いつか、この話は書かなくちゃ。評判になるぞ」

「いつかね。ともに歳をとり、髪が白くなったころに。ところで、わたし、テッドと話をしたわ。しばらく島でほとぼりを冷ますって」

「それはよかった。で、どうした？　潜水艦のことは訊いてみたのか？」

「いいえ」

フロビッシャーは彼の秩序立った人生の繭にあくまで閉じこもり、あの謎の襲撃者とのごたごたはすべて自分で対処できる冒険だと主張した。それに、サムにはテッドのことがよくわかっていた。潜水艦発見の話が何かで報じられたら、テッドは場所の近さと考え合わせて、あの破片と潜水艦にはつながりがあるのだろうかと考えるだろう。付け加えるべきことがあるなら、向こうから連絡してくるはずだ。

「ここよ、読み上げるから聞いて」レミがそう言って、ページに指を走らせた。

「〝ヴォルフィから今日、すばらしいボトルを二本もらった。彼が持ってきた三本のうちの二本だ。任務が終わったらいっしょに祝杯をあげようと彼は言った〟」

「ヴォルフィ」サムがおうむ返しに言った。「ぼくらの知っている人物か？」

「いいえ。調べは飛ばしたから。これから調べる。まだあるの。〝ヴォルフィの言うには、わたしの仕事のほうが大変だから、わたしには二本もらう資格があるそうだ」

「よくわからないが、少なくともテッドの破片の出どころはわかったな。どこか途中でベームが一本失くしたんだ」

レミの頭上、壁のインターフォンにパチパチッと音がした。

「ミスター・アンド・ミセス・ファーストネームで呼ばせることに成功していない。彼らはセルマに自分たちをファーゴ?」何度か試みてはきたのだが、いまだに
レミが上に手を伸ばして、通話ボタンを押した。「はい、セルマ」

「ええと、あることがつかめました……その、わかったことが……」

サムとレミは不思議そうに視線を交わした。セルマといっしょに仕事をするようになって十年になるが、こんなに歯切れの悪い口ぶりを聞くのは初めてのことだ。

「なにか問題でも?」と、レミがたずねた。

「ええと……その、下に降りていただけたら、説明の努力をいたします」

「すぐ行くわ」

セルマはワークステーションの真ん中にあるスツールに腰をおろし、目の前のワ

インボトルに目を凝らしていた。ピートとウェンディの姿はどこにも見えない。

セルマの見かけには、いろんな比喩が用いられる。レミが〝六〇年代ボブの変形〟と表現する髪形。使わないときに鎖で首にかけている角縁眼鏡は、ずばり一九五〇年代の代物だ。ふだんの服装は、カーキ色のパンツにスニーカー、絞り染めの無数のTシャツと、飾り気がない。酒も煙草もやらず、悪態をつくこともないが、こだわりがひとつあった。ハーブティーだ。彼女はポット単位で飲む。仕事部屋の戸棚ひとつは彼女のお茶に独占され、その大半にはサムにもレミにも発音のできない名前がついていた。

サムがたずねた。「ピートとウェンディは?」

「早めに帰宅させました。このお話は極力内緒になさりたいのではないかと思いまして。ふたりに話すかどうかは、あとで判断していただけばいいですし」

「それでいいわ……」と、レミが返事をした。

「頼むから、あのボトルには液状のエボラウイルスが詰まっていたなんて話はなしにしてくれよ」と、サムが言った。

「それはありません」

「だったら?」

「どこから話を始めたものか、迷っておりまして」

「好きなところからでかまわない」サムが優しい声で言った。

彼女は口をすぼめて、しばらく考え、それからこう言った。「まず最初に、瓶の底にあった例のシンボル、あの虫ですが……どういう意味があるかはまだまったくわかっていません。申し訳なく思います」

「それはかまわない、セルマ。先を続けてくれ」

「話を戻しましょう。あの箱そのものについてお話しします。蝶番とかんぬきは真鍮製で、木は世界でも数少ない場所でしか見つからない、ブナの木の一種です。もっとも集中しているのは、南フランスと北スペインにまたがるピレネー山脈。

なかの包装については、それ自体が発見かもしれません。いつごろのものかにもよりますが、ヨーロッパの油布の最古の例とも考えられます。子牛の革をアマニ油に浸して六層に重ねたものです。外の二層は完全に干からび、わずかにカビが生えていますが、内の四層は完全な状態です。

ガラスもじつに並外れています——すこぶる質がよく、非常に厚みがある。なんと、二センチ以上もです。試してみようとは思いませんが、相当乱暴な扱いにも耐えられるにちがいありません。

瓶のラベルですが、手で革に細工をほどこし、膠でガラスに張りつけただけでなく、上と下を麻のより糸で縛りつけてあります。ご覧になればおわかりになると思いますが、ラベルの表示は、革にじかに食刻したあとインクを塗りこんだものです。それも、とてもめずらしいインクで。アエオニウム・アルボレウム〝シュワルツコフ〟と——」

「英語でお願い」と、レミが言った。

「黒バラの一種です。インクはその花弁とつぶした甲虫を混ぜて作られています。リグリア海の島々にしかいない、毒吐き甲虫です。ラベルの詳細については……」セルマは瓶を引き寄せ、サムとレミが顔を近づけるのを待ってから、作業用のオーバーヘッド・ハロゲンランプのスイッチを入れた。「この一節をご覧ください……〝習慣的測定単位〟という意味のフランス語です。百五十年くらい前に使われなくなった方式ですが。それと、ここの demis という言葉——これは〝半分〟という意味で、英語の一パイントにおおよそ相当します。一六オンスですね」

「このサイズのボトルにしては、量が少ないわね」レミが言った。「ガラスの厚みのせいね」

セルマがうなずいた。「それでは、インクそのものを見てみましょう。ご覧のとおり、あちこち色があせていますから、像を再現するには時間がかかるでしょうが、右上と左隅の二文字、右下、左下のふたつの数字が見えますか？」

ファーゴ夫妻がうなずいた。

「その数字は年を表わしています。一と九。十九です」

「一九一九年？」レミがたずねた。

セルマは首を振った。「一八一九年です。文字のほう——HとA——は、イニシャルですね」

「所有者は……？」と、サムがうながした。

セルマは後ろにもたれて、ひと呼吸おいた。「ひとつ留意していただきたいことがあります。この点に確信があるわけではありません。確かめるためには、さらに調査が必要ですし——」

「わかっている」

「このイニシャルはアンリ・アルシャンボーのものだと思います」

サムとレミはその名前を頭のなかに取りこみ、顔を見合わせてから、セルマに視線を戻すと、彼女は恥ずかしそうな笑みを浮かべて肩をすくめた。

レミが言った。「いいわ、じゃあ、わたしたちが同じことを考えているかどうか確かめましょう。いま話に出ているのは、あのアンリ・アルシャンボーのことなのね?」

「ほかならぬ」と、セルマは答えた。「アンリ・エミーユ・アルシャンボー——ナポレオン・ボナパルトのワイン醸造主任です。わたしの見当ちがいでなければ、おふたりが発見したのは、ナポレオンの〈失われたセラー〉のボトルです」

11

ウクライナ、セヴァストーポリ

首に環紋のあるコウライキジが、下草のなかからぱっと飛び出した。激しく羽ばたき、肌を刺すような朝の冷たい空気を猛然と突っ切っていく。ハデオン・ボンダルクはじっと待って、鳥との距離を広げたあと、肩にショットガンを引き当てて発射した。キジは空中でびくっと跳ね、力を失って地上へ落下していった。

「おみごとです」一メートルほど離れたところからグリゴリー・アルキポフが言った。

「行け！」ボンダルクがペルシア語で怒鳴った。

　ボンダルクの足元に辛抱強くすわっていた二頭のラブラドール犬がぱっと飛び出し、落ちた鳥に向かって猛然と突進した。ボンダルクの足のまわりには少なくとも一ダースのキジが死骸となって散らばっていた。どれも犬たちによってずたずたに引き裂かれている。

「そいつらの味は口に合わなくてな」ボンダルクがブーツの爪先で一羽を蹴り飛ばし、アルキポフに説明した。「しかし、犬どもはこの運動が大好きだ。おまえはどうだ、コルコフ、狩りは好きか？」

　アルキポフの後ろにいたヴラディーミル・コルコフが、首を傾けて考えた。「獲物によります」

「いい答えだ」

　コルコフとアルキポフはスペツナズ時代の大半をともに過ごしてきた。アルキポフが指揮官、コルコフは忠実な副官で、その関係は最高価格の傭兵として民間生活に入ってからも続いていた。ここ四年の断トツの最高入札者がハデオン・ボンダルクだった。彼に雇われるようになり、アルキポフは裕福になった。

　ファーゴ夫妻を見つけだすのに失敗したことをボンダルクに報告したあと、コルコフとアルキポフはここ、つまりクリミア半島の山麓にあるボスの別荘に呼び出しを受けた。ボンダルクは前日の午後に到着していたが、まだその一件についてはひとことも口にしていない。

アルキポフはどんな男も恐れない。コルコフは戦場でその証拠を何十回と目撃した。しかし、危険な男は見ただけでわかる。ボンダルクはものすごく危険な男だ。この目で目撃したことはないが、暴力に関するボンダルクの能力に疑いの余地はない。ボンダルクの周囲にいるとき彼らがピリピリするのは、恐怖心からではない。長年の苦労で身につけた健全な警戒心によるものだ。ボンダルクはサメのように予測がつかない。ゆったりと泳ぎ、どこにも注意を払っていないように見えて、またたく間に攻撃に移ることができる。いまこうして話をしているあいだも、アルキポフがショットガンに兵士の目をそそぎつづけ、ホオジロザメの口を見るかのように銃身の動きを見つめているのが、コルコフにはわかった。

トルクメニスタンでボンダルクが過ごした青年時代のことは、コルコフの耳にもすこし届いていた。彼の現在のボスはイラン国境ぞいの紛争でロシア人を何十人も殺したとのことだ。ひょっとしたらコルコフの知りあいも殺されているかもしれない。その点をどうこう言うつもりはない。戦争なのだから。最高の兵士、優秀な生き延びる兵士は、平然と人を殺してのけるものだ。

「いい銃でいい射撃をするのは簡単だ」ボンダルクはそう言うと、銃尾を開けて弾を排出した。「オーストリアのアンブルシュ・ヤクトヴァッフェンの特注だ。どのくらい古いものか当ててみるか、グリゴリー？」

「見当もつきません」と、アルキポフは答えた。

「百八十年だ。かのオットー・フォン・ビスマルクが所有していた」

「まさか」

「現存する歴史的逸品だ」ボンダルクはアルキポフがなにも言っていないかのように応答した。「あそこを見ろ」ボンダルクは南東の方角にある海岸の低地を指差した。「低い丘が連なっているのが見えるか？」

「はい」

「一八五四年、クリミア戦争中に、あそこで〈バラクラヴァの戦い〉があった。テニソンの詩は聞いたことがあろう？　〝軽騎兵旅団の突撃〟というくだりだ」

アルキポフは肩をすくめた。「小学校のときに読んだ気がします」

「あの詩のおかげで実際の戦闘には日が当たらなくなっている。いまや世間の人々は、あの戦いのことを何ひとつ知らないほどだ。七百人のイギリス兵――第四および第十三軽竜騎兵隊と、第十七槍騎兵隊と、第八および第十一騎兵隊――が、ロシアの砲撃陣地に突撃をかけた。煙が晴れたとき、生き残っていたイギリス兵の数は二百を切っていた。おまえは軍人だ、ヴラディーミル。これをどう表現する？　愚かと言うか、勇敢と言うか？」

「指揮官たちが何を考えていたのか、測りがたいので」

「これも生きた歴史の好例だ」ボンダルクが言った。「歴史とは人と遺産のことだ。偉大な行為と遠大な志のことだ。もちろん、そこには大きな失敗もある。来い、ふたりとも、わたしといっしょに」

ボンダルクはひじの内側でショットガンをあやすように抱え、背の高い草をかき分けて、ときおり飛び出してくるキジを無造作に撃ち落としていった。

「やつらを見失ったことで、おまえたちを責めはしない」ボンダルクが言った。「ファーゴ夫妻のことは何かで読んだことがある。冒険好きだという。危険を求めるやからだ」

「見つけます」

ボンダルクはそっけなく手を振った。「わたしにとって、なぜこのボトルがそんなに重要か、わかるか？」

「いえ」

「じつを言えば、ボトルもそのなかのワインも、その出自も、どうということはない。目的にかなえば、あとはおまえたちが粉々に砕こうがいっこうにかまわない」

「だったら、なぜなんです？　なぜあれをそんなに手に入れたいんです？」

「大事なのは、あれがわれわれわれを案内してくれる場所なのだ。その場所は二百年のあいだ隠れてきた――それ以前の二千年間も。ナポレオンのことはよく知っているか？」

「多少は」

「ナポレオンは抜け目のない戦術家であり、冷酷非情な将軍であり、ぬきんでた戦略家だった。その点はあらゆる歴史書が認めているが、わたしに言わせれば、彼の最大の特徴は先見の明にある。あの男はつねに十歩先を見ていた。アンリ・アルシャンボーにあのワインとそのボトルを造る作業を任せたとき、ナポレオンは未来を見据えていた。戦闘と政治のその先を。自分の残す遺産のことを考えていたのだ。残念ながら、歴史は彼に追いついていないが」ボンダルクは肩をすくめて微笑した。

「ひとりの男の不運は別の男の幸運、か」

「よくわかりません」

「そうだろうな」

ボンダルクは立っていた場所を離れて、犬たちについてこいと命じ、そこでふと足を止めてアルキポフを振り返った。「おまえはじつによくわたしに仕えてきてくれた、グリゴリー、長きにわたって」

「恐れ入ります」

「さっきも言ったが、ファーゴ夫妻を逃がしたことでおまえを責めはしないが、二度とそのようなことはないと誓ってもらう必要がある」

「おまかせください、ミスター・ボンダルク」

「誓うか？」

アルキポフの目に初めてかすかな不安が浮かんだ。「もちろんです」

ボンダルクは微笑んだ。目は笑っていなかった。「よろしい。右手を上げて、誓え」

ほんのつかのまためらったが、アルキポフは肩の高さに手を上げた。「わたしは――」

ボンダルクのショットガンが手のなかでくるりと回り、銃口がオレンジ色の火を吐いた。アルキポフの右手と手首が消えてなくなり、鮮血が噴き出した。スペツナズの元隊員は一歩後ろによろけ、血のほとばしる腕の先をしばらく見つめたあと、いちどうめいてひざを突いた。

すぐ後ろに立っていたコルコフは、ボンダルクのショットガンを凝視したままわきへよけた。アルキポフは残った腕を弱々しくつかんで、コルコフを見上げた。

「なぜ……？」彼はしわがれ声で言った。

ボンダルクがアルキポフのそばにぶらりと近づいて見下ろした。「おまえを責めはしないが、グリゴリー、人生は原因と結果でできている。おまえがもっと急いでフロビッシャーに働きかけていたら、ファーゴたちにじゃまだてする時間はなかったはずだ」

ボンダルクはふたたびショットガンを動かしてアルキポフの足首にまっすぐ狙いをつけ、引き金を引いた。足が消えてなくなった。アルキポフは叫びをあげて倒れた。ボンダルクはショットガンを折って、ポケットからさらにふたつ弾を込め、アルキポフの残りの手足を手際よく吹き飛ばし、部下が地面で身もだえするところを見守った。三十秒くらいでアルキポフは動かなくなった。

ボンダルクはコルコフに目を上げた。「こいつの仕事が欲しいか？」

「失礼？」

「昇進を打診しているんだ。受けるか？」

コルコフは大きくひとつ息を吸った。「あなたの管理方式を見てためらったことは、認めざるをえません」

この言葉にボンダルクは微笑んだ。「アルキポフはへまをしたから死んだのではない。こいつが死んだのは、修復不能のへまをしたからだ。ファーゴたちが関わってきて、厄介な状況になったいま、それを許す余裕はない。おまえはへまをしても許される——取り返しのつかないもの以外は。いまここで返事をもらおう」

コルコフはうなずいた。「受けましょう」

「すばらしい！　では朝飯だ」

ボンダルクは向きを変え、犬たちを後ろにしたがえて歩きはじめたが、そのあと足を止めて振り返った。

「ところで、屋敷に戻ったら、アメリカのニュースサイトをチェックしたほうがいい。メリーランド州で地元の人間、つまり警察官が、沈みかけたドイツの超小型潜水艦（ミゼット）を偶然発見したとのことだ」

「そうですか」

「興味深い話だろう？」

12

カリフォルニア州、ラ・ホーヤ

「冗談だろ」サムがセルマに言った。「ナポレオンの〈失われたセラー〉……あれは単なる――」

「伝説だわ」と、レミが受けた。

「そのとおりだ」

「とは言いきれないんです」セルマが返した。「まずはすこし歴史のお話をして、背景をつかみましょう。おふたりともナポレオンの歴史にはおおよそ通じていらっしゃると思いますが、我慢しておつきあいください。彼の伝記を網羅して退屈させるようなことはいたしません。彼が初めて指揮を任されたときから始めましょう。コルシカ島に生まれたナポレオンは一七九三年のトゥーロン攻囲戦で最初の喝采を受けて准将に昇進し、西軍の将軍、国内軍司令官を経てイタリア遠征軍司令官になりました。その後の何年か、オーストリアで一連の戦闘を戦ったのちに国家的英雄としてパリに凱旋します。部分的成功と言うのがせいぜいだったエジプト遠征によって中東で数年を過ごしたあと、彼はフランスに戻ってクーデターに加わり、その結果、フランス新政府の第一統領になりました。

一年後、第二次イタリア遠征を遂行するため、軍を率いてペンニン・アルプスを越え——」

レミが言った。「馬に乗った彼を描いた、有名な絵の……」

「そのとおりです」セルマが答えた。「後ろ足で立ち上がった馬にまたがり、決意も固く、遠くを指差し……。しかし、事実は少々異なります。まず第一に、ほとんどの人はあの馬の名前をマレンゴだと思っていますが、じつは当時はスティリエという名で知られていました。数カ月後のマレンゴの戦いのあとで名前が変わったのです。意外なことに、ナポレオンの山越えは、ほとんどがラバに乗って行なわれているのです」

「彼のイメージにあまりふさわしくないわね」

「はい。とにかく、この遠征後、ナポレオンはパリへ帰還し、永久第一統領に任命されました。原則無期限の〝優しい独裁者〟に。その二年後、彼はみずからを皇帝と宣言します」

「次の十年ほどを戦闘や条約の署名に費やし、最後に一八一二年にロシア侵攻という誤りを犯します。頭に思い描いたとおりにはならず、冬に撤退を余儀なくされ、彼の〈大陸軍〉に多数の死者を出しました。パリに帰還し、次の二年はプロイセンとスペインを相手に、国外だけでなくフランスの領土でも戦いました。それからまもなく、パリは陥落します。上院はナポレオンの皇位剥奪を議決。一八一四年の春、皇位はブルボン家のルイ十八世に手渡されました。一カ月後、ナポレオンはエルバ島に流刑となり、妻と息子はウィーンに逃亡――」

「たしか、ジョゼフィーヌではなかったな?」と、サムがたずねた。

「おっしゃるとおりです。ヘンリー八世の書物をひもとくと、後嗣（こうし）を産めないとの理由で彼女は一八〇九年に離縁されています。ナポレオンはオーストリア皇帝の娘マリー・ルイーズと結婚し、彼女は男子をもうけることができました」

「わかった、先を頼む」

「島流しにあったおよそ一年後、ナポレオンは脱出してフランスに帰還、軍隊をまとめあげました。ルイ十八世は王座を捨てて逃げ出し、ナポレオンはふたたび支配権を手に入れます。これが歴史家たちの言う〝百日天下〟の始まりです。実際は百日も続いていないのですが。三カ月もたたずにナポレオンは六月、ワーテルローの戦いでイギリスとプロイセンに大敗を喫します。ふたたび退位に追いこまれ、イギリスによりセントヘレナ島に流されました。大西洋のどまんなか、西アフリカとブラジルのあいだにある、ワシントンDCの二倍くらいの大きさの岩の塊に。彼は人生の残りの六年をそこで過ごし、一八二一年に亡くなります」

「胃がんで」と、サムが受けた。

「それが一般に受け入れられている説ですが、彼は殺害されたものと信じている歴史家はたくさんいます。ヒ素を盛られて」

「ここから――」と、セルマがさらに話を継いだ。「〈失われたセラー〉の話に戻ります。この伝説は一八五二年までさかのぼります。ナポレオンが死ぬ十一カ月前の一八二〇年六月にルアーヴルのとある酒場でナポレオンの代理人から話を持ちかけられたと主張する、リヨネル・アリエンヌという名の密輸人の臨終の告白に基づくものです。アリエンヌはこの代理人を〝少佐(マジョール)〟としか呼んでいませんが、この少佐はアリエンヌと彼の所有するフォコン号を雇い入れました。セントヘレナ島へ連れていってほしい、そこで荷物を積んで、あるところへ運び入れたい、その場所は島を発ってから教える、と言って。

アリエンヌによれば、六週間後にセントヘレナ島に着くと、小さな入り江の洞窟で漕ぎ舟に乗ったひとりの男が出迎え、その男が縦六〇センチ、横三〇センチくらいの木箱を船に運び入れました。少佐はアリエンヌに背を向けて木箱を開け、中身を調べて、封をしなおすと、いきなり剣を抜いて漕ぎ舟の男を殺しました。死体は長い錨鎖の重しをつけて船べりから投げこまれます。漕ぎ舟は穴をあけて沈められました。

アリエンヌの物語のここで、年老いた密輸人は――まさに、話している最中に――がくっと事切れ、彼といっしょに木箱の中身や彼と少佐がそれを運んだ場所に関する手がかりも消えてしまいました。話はそこで終わってもおかしくなかったのです。ラカノーがなければ」

「ナポレオンの私有葡萄園の名前だな」と、サムが言った。

「そのとおりです。アリエンヌと謎の少佐がヘレナに向かったとされる時期に、ラカノーの葡萄園は――フランス政府は寛大なことに、あれをナポレオンの私有地として残すことを許しました——身元不明の人物、もしくは複数の人間の手により焼失してしまいます。葡萄の木、醸造所、すべての樽が、完全に焼けてなくなりました。土までが完全に破壊されたのです、塩と灰汁を混ぜられて」

「種もやられたのね？」と、レミ。

「種もです。〝ラカノー〟という名前も便宜上つけられたものにすぎません。じつは、ラカノー葡萄園の葡萄はコルシカ島のアジャクシオ・パトリモニオ地方で採れる種を持ってきたものでした。ナポレオンはアルシャンボーにこの種を異花受粉させ、ラカノー種をつくり出したのです。

　とにかく、まだ権力の座に就いているあいだに、ナポレオンはラカノーの葡萄の種をアミアンとパリとオルレアンの安全な貯蔵所に保管するよう命じました。伝説によれば、ラカノーで火が猛威を振るっているあいだに、不可解なことにこの種は姿を消し、全滅したものとみなされています。フランスのその沿岸地方でしか育たなかったラカノーの葡萄は、そこで絶えたのです」

　レミが言った。「仮にこれが単なる民間伝承ではないとしましょう。だとしたら、こういうことね。ナポレオンは流刑先から密使なり伝書鳩なりを経由して彼のワイン醸造主任であるアンリ・アルシャンボーに命令を出し、最後のラカノー・ワインを造らせて、セントヘレナに運びこませた。そのあとフランスにいる忠実な工作員に命じて葡萄園を完全に破壊させ、土を荒廃させたあと、種をさらって破壊させた。その数カ月後、彼は少佐にこう命令した……船でヘレナに渡り、ワインをどこかわからない場所に隠せと」レミはサムとセルマを交互に見た。「そういうこと？」

「そんなところだろうな」と、サムが言った。

三人は十秒ほど押し黙り、新たな目でテーブル上のボトルを見つめた。

「どのくらいの価値があるの？」レミがセルマにたずねた。

「そうですね、少佐とアリエンヌがセントヘレナから運んだ木箱には十二本あったといわれ、そのうちの一本はすでに割れているようです。木箱が無傷なら……九百万ドルから一千万ドルといったところでしょうか。もちろん、真っ当なたぐいの買い手であればです。しかし、木箱は無傷ではありません。ですから、値段は落ちるでしょう。無理やり見当をつければ……ボトル一本あたり、六十万ドルから七十万ドルといったところでしょうか」

「ワイン一本が」と、レミがためいきをついた。

「歴史的、科学的価値は言うまでもないが」サムが言った。「ここで話にのぼっているのは、おそらく絶滅してしまった葡萄の種だ」

「どうなさいます？」と、セルマがたずねた。

「〝疵面(スカーフェイス)〟が追っているのはＵＭ‐34ではなく、ワインのほうだと考えなくてはなるまいな」と、サムが言った。

「でも、わたしには彼が蒐集家とは思えないわ」と、レミが言った。

「つまり、あの男は誰かに雇われているわけだ。何本か電話をかけ、人の力を借りて、何かわからないか試してみよう。そのあいだに、セルマ、きみはピートとウェンディに電話をして詳細を伝えてくれ。どうだ、レミ？」

「賛成よ。セルマ、あなたは引き続きラカノーのことを調べてみて。いろいろ知る必要があるわ。ボトルや、アンリ・アルシャンボーについて。何をすればいいかはわかるわね」

セルマはメモを書きとめていた。「すぐ始めます」

サムが言った。「ピートとウェンディがここに着いて、知識が追いついたら、ふたりにはナポレオンと謎の少佐のことを当たらせろ。どんなことでもいい、ありとあらゆることを調べるんだ」

「承知しました。でも、ひとつ頭に引っかかっていることがあります。このラベルの甲虫を砕いたインクは、リグリア海のトスカーナ群島のものです」

彼女が何を言おうとしているか、サムにはわかった。「そこにはエルバ島がある」

「そこは」と、レミが割りこんだ。「ナポレオンが最初の国外追放生活を送った場所よ。アリエンヌが少佐といっしょにワインを受け取りにセントヘレナに行ったと主張している、六年前に」

「エルバ島にいたころからナポレオンがこの計画を立てていたのか、彼がそのインクをセントヘレナ島までたずさえていったかのどちらかだな」サムが言った。「われわれには永遠にわからないことかもしれないが。セルマ、仕事にとりかかってくれ」

「承知しました。おふたりは？」

「すこし日記を読みこむわ」レミが答えた。「このボトルはUM‐34に乗っていた。マンフレッド・ベームがあそこに持ちこんだのよ。わたしたちはUM‐34とベームがどこかから出発したか、ボトルは元々どこにあったものかを突き止めます」


ふたりはベームの日記とUM‐34の航海日誌に深夜まで取り組んだ。レミはこの男をより深く理解するために役立つかもしれないと思った事柄をメモしていき、サムはUM‐34の航路を最後の停泊地から逆にたどる努力をした。

「これよ」と、レミが椅子の上で体をまっすぐ起こし、日記をトンとたたいた。

「これがわたしたちの探してきたものだわ。ヴォルフガング・ミュラー。よく聞いて。〝一九四四年八月三日。ヴォルフィとわたしは明日、戦友となって初めていっしょに航海に出る。任務に成功し、指揮官たちの信頼に応えられますように〟」

「戦友」サムがおうむ返しに言った。「もう一本のボトルを持っていた男だ。つまり、このミュラーもドイツ海軍の軍人だ。ベームはUM‐34の船長。ミュラーはなんの……船長なんだろう？　ひょっとして、ガートルードか？　ベームの母船の？」

「かもしれない」レミは携帯電話を持ち上げて、作業室にかけた。「セルマ、あなたの魔法を働かせてほしいことがあるの。第二次世界大戦時ドイツ海軍にいたヴォルフガング・ミュラーという水兵のことで、掘り起こせるかぎりの情報が必要なの。一九四四年の夏か秋、なんらかの種類の船を指揮していた可能性があるわ。ただちにお願い」

さすがはセルマ、三十分後に電話がかかってきた。レミはそれをスピーカーフォンで受けた。

「見つかりました」セルマは言った。「簡略版と完全版、どっちがよろしいですか？」

「とりあえず、簡略版で」と、サムが答えた。

「ヴォルフガング・ミュラー、海軍中佐、一九一〇年ミュンヘン生まれ。一九三四年、ドイツ海軍に入隊。昇進は標準的で、懲戒免職歴はなし。一九四四年に補助船ロートリンゲンの船長に任命される。ブレーマーハーフェンを母港にし、任務地域は大西洋。ドイツの海軍公文書保管所のデータベースによれば、ロートリンゲンはもともとフランスのロンドレスという名の連絡船として建造されたもの。一九四〇年にドイツがそれを拿捕して、機雷敷設船に改造。一九四四年六月に〝特別任務〟のため配属しなおされるが、任務の詳細について言及しているものはない」

「機雷敷設船？」レミが言った。「どうして彼らは――」

「戦争のその時期、ドイツは敗戦に向かっていて、彼らもそれをわかっていました――つまり、ヒトラー以外の全員が」セルマが言った。「彼らは必死でした。通常ならUM‐34を運ぶのに使われたはずの補助船が、沈められたり、護衛艦に改装されたりしていたんです。

〈ロートリンゲン生存者〉と題するウェブサイトも見つかりました。それといっしょに、同じような主題のブログも、かなりの数が。ロートリンゲンは一九四四年九月にヴァージニア・ビーチ沖で嵐のさなかにアメリカ駆逐艦の攻撃を受け、機能停止に陥りました」

「ポコモク海峡の南八〇キロくらいで」と、レミが言った。

「はい。ロートリンゲンの乗組員でその攻撃を生き延びたのは、半分くらいにすぎません。その人たちはキャンプ・ロディというウィスコンシン州の戦争捕虜収容所で戦争の残りの期間を過ごしています。ロートリンゲンはノーフォークへ曳航(えいこう)され、終戦後ギリシャに売却されました。わたしの知るかぎり、廃棄された記録はありません」

「ミュラーについては？　彼がどうなったかはわかったの？」

「まだなにも。調査中です。フロックという生存者の孫娘が管理しているロートリンゲン関連のブログは、それ自体が日記のようなものです。攻撃を受けるまでの何週間かについて多くの記述が見られます。その記事を信じるとすれば、ロートリンゲンはバハマにあったドイツの秘密基地で再装備(リフィット)を行ない、乗組員は現地の娘たちと戯れながら一カ月ほど過ごしています。ラム島と呼ばれる岩礁(キー)で」

「セルマ、ロートリンゲンに再装備の設備はあったの？」

「ほとんどありませんでした。UM-34を甲板に固定して防水シートでおおい、敵の目から隠して大西洋に運んでいくのがせいぜいだったでしょう」

「彼らがなぜ海上で必要な再装備をしなかったか、それで説明がつくわね」と、レミ。

「たしかに。しかし、なぜ彼らは出発前にブレーマーハーフェンで再装備をしなかったんでしょう？　急いでいたからかもしれません。申し上げたように、あの当時、彼らは追いつめられていましたから」

「ちょっと待った」サムがだしぬけにそう言い、UM-34の航海日誌をつかんでページをめくりはじめた。「あった、ここだ！　日誌のいちばん最初のところでベームは場所に言及しているんだが、イニシャルしか書かれていないんだ。R・C」

「ラム島（キー）」と、レミがつぶやいた。

「まちがいない」

「つじつまが合います」と、セルマも同意した。

　サムが物問いたげにレミを見ると、彼女は微笑んでうなずきを返した。「いいわ、セルマ、あなたに旅行代理人の帽子をかぶってもらうときが来たみたい。ナッソー行きの次の便を手に入れて」

「承知しました」

「レンタカーも頼む」サムが付け加えた。「速くてかっこいいのをな」

「すてきな生きかたね」と、レミがいたずらっぽい笑みを浮かべて言った。

13

バハマ、ナッソー

セルマはいつものように手際よく旅行代理業者に変身し、サンディエゴから東へ向かう本日最終夜行便のファーストクラスを二席確保してくれた。一回の乗り継ぎを経て七時間、飛行機は正午過ぎにナッソー国際空港に着陸した。だが、レンタカーのほうはいまひとつ運に恵まれず、明るい赤色のフォルクスワーゲン・ビートル・コンヴァーティブルに落ち着いた。セルマが断言したところによれば、これがバハマで手に入るいちばんかっこよくて速い車なのだ。レミが調査主任に袖の下を渡したのではないかとサムは疑っていたが、駐車場を出て、エイヴィスのステッカーが貼られたコルヴェットとすれ違うまではなにも言わなかった。

「いまのを見たか?」サムが肩越しに振り返って言った。

「あなたの身のためよ、サム」レミはそう言って、彼のひざをポンとたたいた。

「わたしを信じなさい」彼女は白い日除け帽を手で押さえて風に飛ばされないようにし、頭を後ろにもたせて熱帯の日差しに浴した。

サムがブツブツ何事か返した。

「なんですって?」レミがたずねた。

「なんでもない」


〈フォーシーズンズ・リゾート〉のフロントで、ふたりをメッセージが待っていた。

情報入手。至急、電話を。

――R

「ループ?」と、レミがたずねた。

サムはうなずいた。「ヴィラに行っててくれないか? どんな情報か確かめてから合流する」

「いいわ」

サムはロビーの隅の座席区画に静かなところを見つけ、衛星電話の短縮ダイヤルにかけた。呼び出し音ひとつでルービン・ヘイウッドが出た。

「おれだ、ルーブ」

「ちょっと待ってくれ、サム」カチッと音がして、シューッ、ガーッと音が続いた。ルーブがなんらかの暗号装置を使ったのだ、とサムは思った。「元気か？」

「ああ。今回はありがとう。ひとつ借りができた」

「とんでもない」

ルービン・ヘイウッドとは、十二年のつきあいになる。DARPA時代の初期にヴァージニア州の片田舎、ウィリアムズバーグの近くにある、CIAのキャンプペリー訓練施設で出会って以来だ。CIA作戦本部の担当官（ケースオフィサー）だったルービンは、秘密工作活動の訓練を受けていた。サムがそこにいたのも同じ目的だった。CIA局員がこの分野で現実に経験するたぐいのシナリオをDARPAでもっとも優秀な人材に体験させるため、考案されたプログラムの一環だった。概念は単純だ。現場でどのような仕事が行なわれるかをDARPAのエンジニアが——身をもって——理解すれば、現実の困難を乗り切るための仕掛けや道具をいっそううまく創り出すことができる。

サムとルービンはたちまち意気投合し、六週間という長い訓練期間中に友情を固めた。それ以来ずっと連絡をとりあい、年に一度、秋に会って、三日間いっしょにシエラネヴァダ山脈を縦走している。

「いまから話すことはどれも機密あつかいを受けていない——少なくとも、公式には」

サムは行間を読んだ。サムからの電話を受けたあと、ルービンも何本か電話をかけて、政府の外にいる連絡員や情報源に打診してきてくれたのだ。「わかった。メッセージに至急とあったな」

「ああ。おまえの言う〝疵面(スカーフェイス)〟がスノーヒルでボートを借りるのに使ったのは、ダミー口座を用いて追跡防止措置を幾重にも重ねたクレジットカードだったから、名前を突き止めるのにすこし時間がかかった。この男の名前は、グリゴリー・アルキポフ。かつてロシアの特殊部隊にいた。アフガニスタンとチェチェンの両方で仕事をしている。この男とその右腕のコルコフという男は、九四年に除隊してフリーになった。アルキポフの顔はわかっているだろうから、メールでコルコフの写真を送る。まだ顔見知りでなかったら、これでご対面だ。われわれの知るかぎり、このふたりは二〇〇五年からある男に雇われている。ハデオン・ボンダルクという、おそろしくたちの悪いやつだ」

「名前は聞いたことがある」

「聞いたことがなかったらおどろきだ」と、ルービンは返した。「ウクライナ・マフィアのドンにして、セヴァストーポリの上流世界で知らぬ者のない人物だからな。年に何度か私有地でパーティを開いたり週末の狩りを催したりするが、招待客名簿は大金持ちだけ。つまり政治家や著名人やヨーロッパの特権階級に限られる……。犯罪で告発されたことはいちどもないが、何十件か殺人の疑いがかけられている。被害者の大半は別の犯罪組織のボスや、なにかで彼を激怒させた法執行者だ。過去に関する情報はあまり多くない。うわさを別にすれば」

「ゴシップは大好きだ」サムが言った。「聞かせてくれ」

「ロシアとイランの国境で紛争が起こっているあいだに、トルクメニスタンでゲリラ戦闘員の小さな集団を指揮していたらしい。山中を幽霊のように動きまわり、警備兵や車列に待ち伏せをかけ、決して誰ひとり生かしておかなかったという」

「正真正銘のサマリア人ってわけだ」

「ああ。ところで、この男にどんな関心があるんだ？」

「おれたちと同じものを追い求めているらしいんだ」

「というと？」

「きみは知らないほうがいい、ループ。危険はもう充分に冒してもらっている」

「サム、水臭いことを――」

「いいから、ここまでにしてくれ、ループ。頼むから」

ルービンはつかのま沈黙し、それからためいきをついた。「わかった、言うとおりにしよう。しかし、聞いてくれ。ここまでは運に恵まれてきたが、あっというまに運が尽きることもある」

「わかっている」

「せめて、力にならせてくれないか？　会ったほうがいい男がいる。書くものはあるか？」サムは側卓からメモ帳をつかみ、ルービンが読み上げた名前と住所を書きとめた。「おれの信頼している男だ。会いにいけ」

「そうしよう」

「頼むから、無茶をするんじゃないぞ、いいな？」

「わかってる。これまでもいっしょに窮地を切り抜けてきたんだ。レミとおれは。

こんどもなんとかするさ」

「いったい、どうやって？」

「簡単だ。やつらより一歩前を行くのさ」


三時間後、サムの運転するビートルは湾岸道路から小さな砂利敷きの駐車場に入るとスピードを落とし、錆びたかまぼこ形の建物のそばに停止した。屋根に吹き流しがあって、〈エア・サンプスン〉という色あせた手書きの看板がかかっている。五〇メートル右に、もうひとつかまぼこ形の建物があった。そっちのほうが大きく、スライド式の両開きの扉のすきまから飛行機の機首が見えた。格納庫の反対側には砕いた貝殻を使った滑走路があった。

「ここ？」レミが怪訝（けげん）そうにたずねた。

サムは地図を確認した。「ああ。ここだ。この島で最高のチャーター機だとセルマは請け合っている」

「彼女がそう言うなら」

レミはサムの足のあいだにタオルをかけて置かれている物体に向けてあごをしゃくり、「本当にそれを持っていく気？」とたずねた。

ルービンとの電話が終わったあと、サムはヴィラへ行って、ルービンとどんな話をしたかを語って聞かせた。レミは注意深く耳を傾け、なんの質問もしなかった。

「あなたが怪我をするところは見たくない」最後に彼女はそう言って、サムの手を握った。

「ぼくもきみが怪我をするところを見たくない。そんなことになったら、この世の終わりだ」

「だったら、怪我をしないよう気をつけましょう。あなたの言ったとおり、彼らより一歩だけ先を行くのよ。だけど、あんまり物騒なことになったら――」

「警察に通報して、おうちに帰ろう」

「きっとよ」と、彼女は言った。

滑走路に来る前、ふたりはホテルを出て、まずルービンの教えてくれたナッソーのダウンタウンの靴修理店に行った。そこの店主でルービンの情報屋でもある、グイドという男が待っていた。

「あんたたちが来るかどうかはわからないと、ルービンは言っていた」グイドはわずかにイタリア訛りのある英語で言った。「ふたりとも、すごく頑固だからってな」

「そんなことを？」

「ああ、言ってた」

グイドは玄関に行き、看板を裏返して〈昼休み〉にすると、ふたりの先に立って奥の部屋へ向かい、石の階段を下りて地下室に入った。部屋を照らしているのは上からぶら下がった電球ひとつきりだ。さまざまな破損状態の靴がベンチを囲んでいて、その上に短銃身三八口径のリヴォルヴァーがあった。

「ふたりとも、銃を扱ったことはあるんだな？」

「ある」と、サムがふたりぶんの返事をした。

それどころか、レミは飛び抜けた射撃の名手で、銃を使うのも平気だが、可能なかぎり使わないようにしていた。

「けっこう」と、グイドが答えた。「この銃に製造番号はない。足がつくこともない。仕事がすんだら捨ててしまってもかまわない」彼は五十発入りの銃弾の箱といっしょに銃をタオルにくるんでサムに手渡した。「できたら、ひとつ頼みがある」

「なんだい？」と、サムがたずねた。

「誰も殺さないでくれ」

サムは微笑んだ。「そいつはこの世でいちばん避けたいことさ。いくら払えばいいい？」

「おいおい、よしてくれよ、頼むから。ルービンの友だちはおれの友だちだ」

「置いていってほしいか、これは？」と、サムがたずねた。

「ううん、いいわ。あとで後悔するよりは、安全を期したほうがいいもの」

ふたりは外に出ると、トランクからリュックをとりだし、かまぼこ形の建物に入っていった。六十代の後半とおぼしき黒い肌の男がカウンターの奥の芝生用の椅子（ローン・チェア）にすわっていた。口に葉巻をくわえている。

「やあ、いらっしゃい」と、男は立ち上がった。「サンプスンと言います、ここのオーナー兼操作員兼下働き主任でして」完璧なオックスフォード英語だ。

サムは自分とレミの自己紹介をしてから、「このあたりの出身ではないと見ましたが」と言った。

「生まれはロンドンです。快適な暮らしを送ろうと考えて、十年前にここに来ました。ラム島へいらっしゃるんですね？」

「ええ」

「お仕事ですか、休暇ですか？」

「両方です」と、レミが言った。「バードウォッチングをしたり……写真を撮ったり。そんなところです」

サムは操縦士免許を渡して、必要な書類を埋めた。サンプスンは書類にひととおり目を通し、うなずいた。「ひと晩ですか？」

「たぶん」

「ホテルの予約はおすみでしょうか？」

サムは首を横に振った。「野宿するつもりなので。きのう、荷物が届いているはずですが。テントや携帯用の水やキャンプ用具が……」セルマは頭のなかに蓄えている何十かのチェックリストのひとつに照らして、旅の必需品から〝万一のため〟のものまで携行品一式を手配してくれた。

サンプスンがうなずいていた。「受け取りました。もう積みこまれています」彼は壁の釘からクリップボードをはずし、手早くメモを書きとめてから元に戻した。

「ボナンザG36をご用意しています。燃料満タンで、安全点検もすんでいます」

「フロートは？」

「ご要望どおりに。格納庫へお進みください。チャーリーという男が滑走路に出してくれます」

ふたりはきびすを返してドアに向かった。サンプスンが呼びかけた。「どんな鳥をごらんになりたいんですか?」

ふたりは向き直った。

サムが肩をすくめて笑顔を浮かべた。「島特有のなら、どんなのでも」

14

バハマ、ラム島

経験の浅い探検者だったら面積八〇平方キロたらずのラム島を一見して、隠れた基地を見つけるくらい簡単だと思ったかもしれないが、サムとレミは同じような道を走ったことがあったし、海岸線のこともわかっていた。洞穴や入り江が何百もあるうえ、起伏に富んでいて、実際の距離は単純な円周の六倍以上になる。

もともとこの島は、原住民のルカヤ・インディアンからママナと呼ばれていたが、クリストファー・コロンブスによってサンタ・マリア・デ・ラ・コンセプシオンと改称され、最後にスペインの探検家たちが白砂の浜辺にラム酒の樽がひとつ打ち上げられているのを見つけ、現在の名前を得るにいたった。

この島で、村らしい村はポートネルソンただひとつ。ココナツの木立に囲まれた北西の海岸にある。一九九〇年の国勢調査によれば、ラム島の人口は五十から七十。大半はポートネルソンに暮らしている。島に産業が数あるわけではないが、主要な産業は、観光。そのあとにパイナップルと塩とサイザル麻が続くが、いずれもこの何十年かで盛衰を繰り返してきた。人が住まなくなり草ぼうぼうになって長い集落のなかには、ブラック・ロックやジン・ヒルといった異国情緒あふれる呼び名のところもある。すばらしい礁（リーフ）と珊瑚谷（コーラルキャニオン）と吸いこまれそうな海底に囲まれたこの島は、昔の海賊たちのお気に入りだった――レミがナッソーで手に入れたパンフレットには、そう書かれていた。

「有名な難破船まであるわよ」サムが島の起伏にそってボナンザを右へ傾けると、レミが言った。

空から目的の場所が見える可能性が低いのはわかっていたが、少なくとも島をぐるりと一周してこの先の感触をつかんでおくのが良識的なアプローチであると、ふたりの考えは一致していた。

「黒髭か?」サムがたずねた。「キャプテン・キッドか?」

「どっちでもないわ。英国艦(HMS)コンカラー、イギリス初のプロペラ推進戦艦よ。一八六一年、サマーポイント・リーフに近い珊瑚の小さな峡谷で、水深一〇メートルくらいに沈んでいるそうよ」

「もういちど戻ってくる価値がありそうだな」

ラム島には豪華リゾートが何軒かあり、レンタル式のビーチコテージの数はさらに多い。紺碧の海、起伏のなだらかな緑したたる丘陵、比較的どこからも遠い——サムには絶好の隠れ家スポットの気がした。

「飛行場よ」と、レミが窓の外を指差した。

　ポートネルソンから三キロくらいのところに全長一三〇〇メートルほどの舗装された滑走路があった。森の一角に、不完全な白いTの字が見える。いまにも森にのみこまれてしまいそうなたたずまいだ。滑走路の端に山刀(マチェーテ)で群葉を切り払っている蟻(あり)のような労働者たちが見えた。滑走路のすぐ東にソルト・レイクという湖があり、その数キロ北にジョージ湖が見える。

　この滑走路への着陸に不安があるわけではなかったが、サムはセルマに、フロートつきの水上飛行機を借りてほしいと念を押しておいた。この島を車でめぐると何週間もかかるし、森林地を横断しなければならない。フロートがあれば島の海岸線を次々にめぐって、注意を引いた場所を調べることができる。

サムは高度六〇〇メートルに下りて、ポートネルソンの管制官に連絡をとり、彼らの飛行計画と許可の確認をしてもらうと、機を傾けて岬を回りこみ、海岸ぞいに南へ方向転換した。この地域は島のなかでもいちばん住民が少ない。調査を開始するには最良の場所とふたりで判断した。島の西半分はしっかり探検されており、ラム島の基準に照らせば人口も多いから、秘密基地が発見されていたら何かしらの言及があるはずだ。セルマはそういう報告には一件も出くわしていない。サムとレミはこれをいい兆候と解釈した。秘密基地が単なる旧ドイツ海軍のでっち上げでなければだが。

「いい活動拠点になりそうだな」サムは風防の向こうに広がる砂糖のように真っ白なビーチをあごで示した。満月から四分の一欠けた形をしている。いちばん近い建築物は大農場(プランテーション)の家で、一〇キロほど内陸にあった。

サムはふたたび機を傾けて、高度六〇〇メートルまで徐々に速度と高度を落としてから、ボナンザの機首をまっすぐビーチへ向けた。リーフを見落としていないかすばやく目で確かめてから徐々に高度を下げ、着水の直前に機首を上げて、フロートと水面をキスさせた。スロットルを戻してエンジンを切り、惰性で前に進む。フロートが砂州に触れてジュッと音をたて、乾いた陸地を二メートルほど進んでゆるやかに停止した。

「みごとな着地だわ、ミスター・リンドバーグ」レミがそう言ってシートベルトをはずした。

「ぼくの着地は全部みごとなつもりだが」

「もちろんよ、あなた。例外は、あのペルーでの……」

「勘弁してくれ」

レミがビーチに下り、サムはふたりのリュックとキャンプ用具が入ったダッフルバッグを手渡した。サムの衛星電話がトゥルルルと鳴り、彼は応答した。

「ミスター・ファーゴ、セルマです」

「いいタイミングだ。いま着地したところだよ。ちょっと待ってくれ」サムはレミに声をかけ、電話をスピーカーフォンに切り替えた。「まずは大事なことから。しっかりボタンはかけたか？」

ボンダルクとアルキポフとコルコフの経歴を知ったあと、サムはセルマとピートとウェンディに、ゴールドフィッシュ・ポイントの家に移って、彼がずっと以前にエンジニア魂を満足させるため微調整した警報システムをセットするよう命じておいた。ＣＩＡの不法侵入チームと張りあえそうな代物だ。それと、運のいいことに、サムの柔道仲間のサンディエゴ警察本部長がすぐ近所に住んでいる。彼らの近所はパトカーが油断なく警戒をしていて、対応も迅速だ。

「なにも異常ありません」と、セルマは答えた。

「調査のほうは？」

「着々と進んでいます。お帰りになったら、興味深い資料を読んでいただくことになると思います。まずは、すこし朗報を。ボトルの底にあった虫が何かわかりました。あれはナポレオン家の紋章の一部です。紋章の右側に蜂のようなものがあるんです。これについては歴史家のあいだで議論がありますが、おおかたの人は、これは蜂ではなく黄金蟬（ヒルパニイニイゼミ）だと考えています——少なくとも元々はそうだったと。あの紋章が初めて発見されたのは一六五三年、フランク王国メロヴィング朝初代の王キルデリク一世の墓のなかでした。不死と再生の象徴です」

「不死と再生」レミがおうむ返しに言った。「ちょっと思い上がっていない？　といっても、相手はナポレオンか」

「確認しておきたいことがある」サムが言った。「ナポレオンが署名に使っていた紋章は、バッタの仲間じゃなかったか？」

「近いんですが、すこしちがいます」セルマが言った。「系統が別でして。このセミはヨコバイやアワフキムシの近縁種にあたります」

サムが声をあげて笑った。「はは、なるほど、ロイヤル・アワフキムシか」

「このセミとアンリ・アルシャンボーのワインの紋章の関係からみて、あのボトルが〈失われたセラー〉のものである点に疑いの余地はありません」

「ご苦労さま」サムが言った。「ほかには？」

「マンフレッド・ベームの日記の翻訳の分析も終わっています。そこに〝山羊の頭〟に関する一節があって……」

「覚えてるわ」と、レミが応じた。ベームと船員仲間が訪れたラム島の酒場のことではないかと、彼女とサムは推測していた。

「ええと、高地ドイツ語と低地ドイツ語の両方を用いて翻訳をすこしもみほぐしたところ、〝山羊の頭〟はなんらかの陸標（ランドマーク）と思われます。航海の目じるしにするための。ただ、問題がありまして。調べてみても、ラム島と結びつきそうな〝山羊の頭〟についてはなにもわかりませんでした。さらに言えば、ほかの島々と関わりのあるものも」

「目を皿にして探してみよう」と、サムが答えた。「きみの言うとおりなら、それは岩でできたなんらかの形である可能性が高い」

「わたしもそう思います。それと最後に、ひとつ謝らなければならないことがあります」

「うん？」

「ひとつ、誤りが」

「嘘だろ」

　セルマが誤りを犯すことはめったにないし、あったとしても、ほとんどは小さなものだ。しかし、彼女は厳格な現場監督だ。他人より自分に厳しい。

「ドイツの海軍公文書保管所から手に入れた抜粋の翻訳が、すこしまちがっていました。ヴォルフガング・ミュラーはロートリンゲンの船長ではありませんでした。ベームと同じで、あの船に乗せてもらってきていたんです。つまり、彼も潜水艦の船長だったわけです。UM‐77という超小型潜水艦（ミゼット）を割り当てられていました。

　ベームとミュラーと彼らの潜水艦はロートリンゲンに乗ってきたんです。ロートリンゲンは大西洋を横断し、ラム島に立ち寄って補給と再装備（リフィット）を――」

「その言葉、フロックとかいう水兵がブログのなかで使っていなかった？」

「そのとおりです。再装備でした」

「その一週間後、ベームのUM‐34はポコモク川に沈み、ロートリンゲンはアメリカの軍艦に拿捕された。そこで、質問。ミュラーの潜水艦、UM‐77はどこにあるの？」

「ドイツの公文書保管所には、行方不明と記載されています。アメリカ海軍の公文書保管所によれば、ロートリンゲンが拿捕されたとき、船内にはなにも見つからなかったそうです」

レミが応じた。「だったら、UM‐77はおそらく、自身の任務中に沈没したんだわ。きっと、ベームと同じたぐいの任務だったんでしょう」

「ぼくもそう思う」サムが言った。「しかし、第三の可能性もある」

「というと？」

「まだここにある可能性だ。ぼくの注意を引いたのは〝再装備（リフィット）〟という言葉だ。ロートリンゲンは、ええと、全長四五メートルだっけ？」

「そんなところです」と、セルマが答えた。

「それだけ大きな船を再装備するには、かなり大きな設備が必要になったはずだ。それだけ大きな設備なら、もう発見されていていい。彼らの言う再装備の対象は、UM‐34とUM‐77だったんじゃないかという気がしてきた。彼らの任務は極秘のものだったというわれわれの考えが正しければ、その任務は人知れず行なおうとしたはずだ。アメリカ海軍のPBY哨戒飛行艇がプエルトリコから飛んできていたし」

「つまり……?」と、レミがたずねた。

「つまり、これからぼくらは洞窟探検に出かけるかもしれないってことさ」と、サムは答えた。

ボナンザから荷物を下ろす作業がすむと、ふたりは砂の奥深くに固定具を打ちこみ、キャンプを設営できる場所を探しはじめた。あと二、三時間で夜の帳が下りる。朝、改めて作業を開始することになるだろう。

「ライバルがいる」と、レミがビーチを指差した。

サムは額に手のひらをかざして目を凝らした。「うーん、ふつうにお目にかかれるものじゃないな」

四〇〇メートルくらい先、入り江の北に腕を伸ばしたような形のところがあり、そこの並木に寄り添うようにして、映画のセットかと見紛うようなティキ小屋（ハット）があった。円錐（えんすい）形の草葺（くさぶき）の屋根に、厚板の壁。小屋の正面に二本の柱があり、そのあいだにハンモックが吊るされている。そこに人がいた。端から片足をぶら下げ、ハンモックを左右に揺らしている。その人物が顔も上げずに、片手をお招きの形に持ち上げ、呼びかけてきた。「おーい」

サムとレミはそこへ歩いて向かった。小屋の前に焚き火用の穴があり、その周囲を波がすり減らした丸太が囲んでいて、その上に腰かけられるようになっていた。

「ようこそ」と、男が言った。

いくらか風雨にさらされた感はあるが、気品が感じられた。頭は白髪、山羊髭はきちんとととのい、青い瞳がきらきら輝いている。

「じゃまをするつもりはなかったんです」と、サムが言った。

「ばかを言うでない。放浪者はいつでも歓迎だし、ふたりともいかにもそれらしい。まあ、かけなさい」

サムとレミは砂の上に道具を置いて、丸太の一本に腰かけた。サムがふたりぶんの自己紹介をすると、招き主はただこう言った。「来てくれてよかった。それだけじゃない、ここはあんたたちに明け渡そう。出ていく頃合だ」

「わたしたちのために出ていくことはありませんよ」と、レミが言った。

「そういうことじゃないんだ、奥さん。ポートヘンリーに約束があってな。二日は戻ってこない」

そう言うと男は木々のなかへ姿を消し、しばらくすると、ヴェスパのスクーターを押して戻ってきた。「釣り竿も疑似餌（ルアー）も鍋も、みんな中にそろっている」と、彼は言った。「遠慮なく使ってくれ。跳ね上げ戸のワインセラーもある。かまわんから、一本試してくれ」

なぜだかサムはこの見知らぬ人物を信頼できると確信し、「このあたりに秘密基地があるという伝説を聞いたことはありませんか?」とたずねた。

「ナチスの潜水艦基地だな?」

「それです」

男はスクーターをキックスタンドに立てた。小屋のなかに入り、お盆くらいの大きさの四角い金属板らしきものを持って戻ってきた。それをサムに手渡す。

「夕飯を運ぶものですか?」と、サムがたずねた。

「水中翼（ハイドロプレーン）だよ。この大きさから判断するに、ものすごく小さな潜水艦のものだな」

「どこで見つけたんですか?」

「リバティ・ロックだ。北側の、ポートボイドの近くでな」

「そこから調査を始めるのがよさそうだ」

「そいつは礁湖（ラグーン）で見つけた。地下河川から押し流されてきたんじゃないかな。島の東側のこのあたりでは、何もかも南から北へ流れていく。問題は、そのプレーンより重いものを押し流せるほど、流れは強くはないことだ」

「気を悪くしないでくださいね」レミが言った。「これがもともとどこにあったものかご存じだったのに、なぜ自分で探しにいかなかったんですか？」

男は笑顔を浮かべた。「自分のやるべき探検はもうたっぷりやった。いずれ誰かが、するべき質問をしにくると思っていたよ。そしたら、あんたたちが来た」男はスクーターに向かい、そのあと足を止めて振り返った。「隠れる場所を探していた当時のドイツの水兵だったら、海食洞（かいしょくどう）に出くわしたかっただろうな」

「ぼくもそう思う」と、サムが言った。

「運のいいことに、ラム島（キー）にはそれがいっぱいある。この海岸だけでも何十もあるし、そのほとんどは探検されていない。ほとんどが地下河川とつながっている」

「ありがとう。ところで、〝山羊の頭〟と呼ばれる場所を耳にしたことはありませんか？」

男はあごをぽりぽり掻いた。「覚えがないな。さて、出かけよう。いいハンティングを」

　男はスクーターに乗って姿を消した。

　サムとレミはしばらく無言でいたが、そのあとサムが「しまった」と言った。

「なに？」

「彼の名前を聞くのを忘れていた」

「その必要はないと思うけど」レミがそう言って小屋を指差した。

　ドアのそばに木の飾り板があった。そこには手書きの赤い文字で〈カッスラーの家〉とあった。

15

「これも悪くないな」炎を見つめながらサムが言った。

「右に同じ」と、レミが答えた。

ふたりは招き主の誘いを受け入れ、この小屋で一夜を過ごすことにした。太陽が水平線の下に沈むと、サムはビーチをぶらぶら歩いて燃やせる流木を集め、そのあいだにレミは招き主の折りたたみ式の釣り竿を使って寄せる波からフエダイを三匹釣った。夜の帳が下りるころには塩味がきいた魚の炒め煮で満腹し、パチパチ音をたてるキャンプファイアの前で丸太に背をあずけていた。夜は雲ひとつなく真っ暗で、ダイヤモンドのようにきらめく小さな星が満天を埋め尽くしている。寄せる波がたてるサーッという音とヤシの葉がときおりたてるサラサラいう音を別にすれば、あたりはしんと静まり返っていた。

招き主が言っていたワインセラーの話は冗談ではなく、クローゼットよりわずかに大きな程度だが、二、三十本のボトルがあった。レミの好みでヨルダンのシャルドネにした。

ふたりは腰をおろしてワインをちびちびやりながら星をながめていたが、やがてレミが言った。「あいつら、わたしたちを見つけると思う?」

「誰のことだ、アルキポフとコルコフか? そう簡単にはいくまい」

彼らが航空券とホテルとレンタカーの支払いに使ったのは、ファーゴ財団の経費の支払いに用いられるものから二段階を経た口座のクレジットカードだ。ボンダルクの子分たちには、最終的に金の流れを突き止められるだけの資本があるだろう。その点に疑いの余地はないが、自分たちが立ち去る前に突き止められることはないだろうとサムは思っていた。

「まあ」彼は付け加えた。「ここを指し示す手がかりを、やつらがすでにつかんでいなければの話だが」

「ひとつ、明るい考えがあるわ。サム、わたし、テッドのことを考えていたの。あのロシア人――アルキポフだっけ――彼はテッドを殺すつもりだったのよね?」

「だと思う」

「ワインのために。そんなことをするのは、どういう人間かしら？　ループの言うとおりなら、ボンダルクはとんでもないお金持ちよ。〈失われたセラー〉を売って手に入るのは、小遣い銭ていどのものでしょう。そんなもののために、なぜ人を殺したりするの？」

「レミ、ボンダルクにとって人殺しは自然の営みだ。最後の手段じゃない。いつでも選べる選択肢だ」

「でしょうね」

「それでも納得がいかないのか」

「ちょっと腑に落ちないだけ。ボンダルクはワインの蒐集家？　もしかして、ナポレオン・マニア？」

「わからない。調べてみよう」

彼女は不満そうに頭を振った。すこし沈黙してから、彼女はたずねた。「で、どこから始める？」

「その前に、これにはいくつか前提条件がある」サムが答えた。「まずは〝山羊の頭〟はランドマークであるというセルマの説が正しいこと。もうひとつは、ベームと彼のチームが島でいちばん人気のない地域を作業場に選んだこと。この海岸線はたしかにその条件を満たしている。夜明けとともに、ゴムボートに道具を積みこんで――」

「水上機じゃなくて?」

「そのほうがいいと思う。ベームがそれを見たのは水面からだったはずだ。空からだと、山羊の頭がアヒルの足やロバの耳に見えるかもしれないし、なんの形にも見えないかもしれない」

「そのとおりね。浸食が問題になるでしょうけど。六十年間、風雨にさらされてきたから、見かけが大きく変わっている可能性もあるわ」

「たしかに」

バハマ諸島が洞窟探検と洞窟ダイビングのパラダイスであることを、サムは知っていた。洞窟には大きく分けて四つのタイプがある。ブルーホールは、海原と沿岸の両方に出現するが、基本的には海中や島の岩石層に没した大きな穴だ。割れ目洞は、岩盤に自然に開いた裂け目が続いているもの。溶解洞は、雨水が土壌中の鉱物と混じりあって地中の石灰岩や炭酸カルシウムの岩盤を溶かし、ゆっくり時間をかけて形成される。そして最後の海食洞は、何千年、何万年にもわたって波が断崖に打ち寄せてできたもの。深さ三〇メートル以上のものはめったにないが、広々として、水中に隠れた入口がある——たしかに、小型潜水艦を隠すにはうってつけの場所だろう。

「ひとつ見逃しているわ」レミが言った。「いまの前提のことだけど」

「というと?」

「今回の冒険が単なる無駄足じゃないこと——正確に言えば、モルヒ狩りが骨折り損ではないことが前提よ」


ふたりは明け方に目を覚まし、野生のブドウとイチジクとピジョン・プラムの朝食をとった。どれも、小屋から半径一〇〇メートル以内に自生しているのを見つけてきた。朝食がすむと、ディンギーと呼ばれるゴムボートに道具を積みこんで出発した。トローリングモーターはスピード記録を打ち立てる役には立ちそうにないが、燃費がよく、リーフの途切れを通り抜け、沿岸に向かう潮流を乗り切れるだけの力強さがある。太陽が水平線上に昇るころには、彼らはリーフラインと平行に海岸ぞいを北上していた。水は透明なターコイズブルー。虹色の魚が五、六メートル下の白砂の底をかすめていくのが見えるくらい澄んでいる。

サムは海岸からできるだけ離れず、一五メートルから三〇メートルの距離を保ってボートを操っていった。いっぽうレミは船首に腰をおろし、双眼鏡で崖を調べながらデジタル一眼レフカメラで写真を撮っていた。ときおりサムに呼びかけ、方向転換して岩の形のそばをもういちど通ってほしいと要求し、首を曲げたり目を細めたりして、さらに写真を撮ったあと、首を横に振って、進んでいいと彼に合図した。

海岸線を何時間か進み、正午ごろには島の岬とジャンカヌー・ロックの近くまで来た。その先の北の海岸線にはポートボイドがあり、その先には比較的人口の多い西部地域がある。サムはボートを方向転換して南へ向かった。

「たぶんもう、何十か海食洞を通ってきているわ」と、レミが言った。

たしかにそのとおりだ。彼らの調べてきた崖の表面は、その多くが上へ伸びていく植物の蔓（つる）とそこかしこから突き出ている低木の群葉におおわれていた。この距離からだと、洞窟の入口が見えていてもまったくそれとわからないかもしれない。だが、ほかに選択肢があるわけでもない。リーフの途切れ（ブレイク）の内側にひとつひとつすべりこんで、すべての崖のすべてのふもとを調べていたら何年もかかる。いっそうもどかしいことに、これまでの調べの大半は、入口を見つける絶好のチャンスである干潮時に行なわれてきた。

　とつぜんレミがぴんと背すじを伸ばし、首を傾けた。この姿勢にどんな意味があるか、サムは知りすぎるほど知っていた。妻の頭に何かがひらめいた瞬間だ。

「どうした？」と、彼はたずねた。

「わたしたちのやりかた、まちがっていると思うの。ベームは任務前の試験走行で自分たちのした〝山羊の頭〟を目じるしに使ったものと仮定しているわけよね？　試験再装備（リフィット）の試験をしようとしていたって？」

「そう願っている」

「海岸の近くでは、潜水して接地する危険を冒したくなかったでしょう。つまり、おそらくモルヒは……」

　母船のロートリンゲンには大海原を航行する先端装置があっただろうが、超小型潜水艦にはなかった。速度と距離に基づく推測航法に頼っていただろう。きっと、視覚の助けを借りたはずだ。

「それもそのとおり」

「ベームがランドマークに頼ったのは、元へ引き返すときだったとしたら？　試験潜水から？」

「沖から」と、サムが受けた。

「海岸の近くでは、山羊の頭は山羊の頭に見えないかもしれないが、二、三キロ離れたところからなら……」

レミが笑顔でうなずいていた。

サムはゴムボートを方向転換し、舳先を大海原に向けた。

二キロくらい沖へ出ると、ふたたび海岸線にそって進みはじめた。来たときとは逆の方向に。水上機で着水したビーチを通り過ぎ、島の南東端のシグナルポイントとポートネルソンへ向かい、そこで方向転換してもういちど北へ向かった。

三時半をむかえるころには、疲れてのどが渇いてきた。帽子をかぶって日焼け止めを重ね塗りしてきたのに、日焼けで肌がすこしヒリヒリする。北の岬まで二キロのところへ来たとき、双眼鏡で海岸線を調べていたレミが握ったこぶしを突き上げた。サムは減速してエンジンを切り、指示を待った。レミは座席で体を回して後ろへ体を伸ばし、サムに双眼鏡を手渡した。

「あの崖を見て」彼女は指差した。「およそ二八〇度の方向」

サムは双眼鏡をそっちへ向け、崖の表面を見渡していった。

「バニヤン・ツリーが二本、並んでいるのが見える?」と、レミが言った。

「待ってくれ……よし、見えた」

「あそこの六十年前を想像して。大きさはいまの三分の一くらいで、木の枝もいまより少ない。あの岩をすこし大きくすると……」

サムは頭のなかで調節し、もういちど見てみたが、十秒くらいで首を横に振った。

「すまん」

「目を凝らしてみて」と、レミが言った。

言われたとおりにすると、誰かがスイッチを入れたみたいにとつぜん見えた。なるほど、六十年に及ぶ浸食で崖の凹凸が小さくなってはいるが、まちがいない。岩の露出部と二本のバニヤン・ツリーを組み合わせると、もつれた長い角を生やしている山羊の顔がぼんやりと浮かんだ。

問題は、いま見えているのが彼らの見たいもの、つまり自己暗示の産物なのか、本当にあそこに何かがあるのかだ。レミの顔を見ると、彼女も同じことを考えているのがわかった。

「確かめる方法はひとつ」と、彼は言った。

リーフ・ブレイクは幅二メートルくらいと狭く、潮が満ちて激しく水が動いていた。珊瑚のてっぺんは水に没し、遠くからはちょうど隠れて見えないが、サムが針路を誤ればボートのゴムの皮膚がずたずたに引き裂かれるくらい水面の近くにあった。

レミが舳先で横の壁に腕を突っ張り、身をのりだして水中に目を凝らした。

「左よ……左……左」レミが大声で言った。「そうよ、まっすぐにして。そのまま……」

ゴムボートのどちらの側にも、泡立ったターコイズ色の水面のすぐ下に短剣の刃のような珊瑚の姿が見える。サムはスロットルと舵を調節して、舵効速度と動力の微妙なバランスを探った。前者が足りないと、珊瑚の上へ押し流されてしまう。後者が大きすぎると、レミの指示にしたがえない。

「そうよ……思いきり右！」

サムが舵を押し倒してゴムボートが方向転換した瞬間、リーフに波が砕けて船尾がぐるりと回った。「こらえて！」サムは動力を上げて補正した。

「左……もうすこし……もっと……」

「あとどれくらいだ？」

「あと三メートルで通り抜けるわ」

サムは肩越しにさっと振り返った。五、六メートル後ろで波がうねって持ち上がり、リーフの外端に襲いかかろうとしていた。

「波が来るぞ」サムが大声で言った。「飛ばされるな！」

「もうすこしよ……右へ。ここでまっすぐ……そうよ。頑張って！」

サムがスロットルを停止位置に入れると同時に、ボートの船尾下に波が砕けた。胃がのどまでぐっと持ち上がったような心地に見舞われた。プロペラが一瞬水中から持ち上がってプスプスッと音をたて、ボートはバシャッと静かなラグーンの上に跳ね戻った。

レミが仰向けになって舳先にもたれ、ふーっと吐息をついた。「もういちど言うけど、サム・ファーゴ、本当にあなたって人は、女の子を楽しませるコツをよく知ってるわ」

「自分にできることを惜しみなく、さ。〝山羊の頭ラグーン〟へようこそ」

16

「パラダイスは目の前だ」ゴムボートの舳先をまっすぐにして、サムが言った。

この八時間、まず最初に灼熱の太陽にこんがり焼かれ、そのあと舵を切って、リーフに開いたサメの口のような箇所を通ってきただけに、日陰になったラグーンはパラダイスのようだった。ラグーンの直径はおよそ三〇メートル。北と南は親指を曲げたような形の陸地に守られ、背の低い松の木とヤシの木におおわれている。水面から崖が一〇メートルほど垂直にそびえ、蔓と群葉と上に突き出たバニヤン・ツリーに壁面がびっしりおおわれていた。そのなかでいちばん大きく突き出した二本が〝山羊の角〟だ。崖の左に、標準的な家のテラスくらいの白砂の頂があった。太陽は真昼を過ぎて日没に向かっており、ラグーンは暗い影のなかに投げこまれている。水はガラスの表面のようにおだやかだ。張り出した木々のなかで鳥のガーガー鳴く声と虫のブンブンいう騒がしい音が交響曲(シンフォニー)を奏でている。

「ひと晩過ごすには悪くない場所ね」レミが同意した。「〈フォーシーズンズ〉とはいかないけど、ある種の魅力があるわ。問題は、ここが正しい場所かどうかってことだけど？」

「その答えはわからないが、ひとつ確かなことがある。洞窟があることだ」サムはそう言って指を差し、スロットルを絞って崖のそばにボートを寄せた。

ほとんど気がつかないくらいだが、ここの水は時計回りに回っていて、玉虫色のかすかなきらめきを放っていた。こういう場合は、真水が湧き出していることが多い。サムが足元のダッフルバッグから潜水用ゴーグルをとりだして装着し、水に顔を浸けると、一日じゅう太陽に温められていたにもかかわらず、肌に冷んやり感じられた。何十匹もの魚があっちこっちへすばやく動き、真水の流れにかき回されている目に見えない少量の栄養物をめぐって争っていた。

サムは水中から顔を上げた。指先を水に浸して口へ入れる。真の海水に比べて塩味は三分の一ほどか。

「地下河川？」と、レミがたずねた。

「そうにちがいない」とサムが答え、髪から水を振り払った。

めずらしい現象ではあるが、ときおりこのあたりの海食洞には、溶解洞と割れ目洞の両方とつながり、そこからさらに内陸の地下河川とつながるものがある。

「地図を見てみないと。ここはジョージ湖からほんの三キロくらいだと思うな。この水系があそこにそそぎこんでいても、ぼくはおどろかない。あるいは、ソルト・レイクにそそいでいても」

「わたしもよ。だけど、もしよかったら、その冒険はわたしたちの〝いつか〟リストに載せておきたいわ」

「そうしよう」サムは腕時計で時間を確かめた。あと三十分で満潮だ。あの洞窟を探検にいくなら、一時間以内にすませる必要があった。さもないと、外へ向かう最大量の水流と戦うはめになる。洞窟へ向かう最後の流れに乗って、比較的流れがおだやかな四十五分から六十分の機会に探検したあと、外向きの流れに乗って戻ってくるのが理想的だ。ひとつ問題があった。これは典型的な閉じられた海食洞ではない点だ。奥に地下河川の源があるため、流れが不安定になって、なかに閉じこめられたり、内陸の奥深くへ続く亀裂に吸いこまれてしまう可能性がある。どちらの可能性もうれしくない。

その問題をレミに問うと、彼女はこう答えた。「どちらかと言えば機を待ちたいけど、あなたの目に浮かんでいるその表情、わたしは知ってるわ。なかに入りたいんでしょ？」

「正しい方向に進んでいるかどうか、いま見極めておいたほうがいい。ぼくらには長さ二〇メートルのロープがある。片方の端をここのバニヤン・ツリーの根元に結びつけて、もう片方をぼくのウェイトベルトに結ぶ。そうすれば、なにかあっても自力で戻ってこられる」

「頭をぶつけて気を失ったら？」

「六十秒ごとにロープを三回引く。いちどでも引かなかったら、ボートでひっぱり出してくれ」

「時間の制限は？」

「十分。それ以上は一分たりと」

レミはこの案をしばらく頭のなかで検討し、目を細めて彼を見てから、ためいきをついた。「いいわ、ジャック・クストー（フランスの有名な海洋冒険家）。でも、わたしの言ったこと、忘れないでね。死んだら一生許さないから」

サムは微笑を浮かべ、レミに片目をつぶって見せた。「了解」

十分後、サムはしかるべき装備を身につけて、ゴムボートの舳先にすわっていた。レミがボートを操縦して崖の手前に止めた。サムは慎重に立ち上がると、突き出ているバニヤンの根元にもやい結びでロープを縛りつけ、すわりなおして、もういっぽうの端を自分のウェイトベルトに結んだ。レミがボートをUターンさせて、崖の表面から三メートル手前に止め、スロットルを微調整して静止させた。

サムはマスクに唾を吹きつけて内側になすりつけ、水に浸けて、顔に装着した。眉毛の真上にマスクが吸いつく。次にフィンをつけ、レギュレーターをたたいて空気の流れをテストし、それからレミにうなずいた。

「幸運を」と、彼女は言った。

「かならず戻る」

サムは目の上にマスクを固定し、後ろ向きに回転して水に入った。

しばらく力を抜いたまま動かず、水に浸る感触と視界にあふれるすばらしい透明度を楽しんだ。泡とあぶくが完全に消えるのを待って、体をまっすぐ立て、底へ向かって真っ逆さまにダイブした。早くも水流の引く力が感じられた。その力に乗って体を横に倒すと、日差しでまだら模様になった水面がちらりと見えた。崖の穴の縁が現われ、暗闇のなかへすべりこむ。潜水用ライトのスイッチを入れ、周囲を照らしていった。

洞窟の入口はおおよそ半円形をしていた。アーチの幅は三、四メートル、高さは五、六メートル。干潮時でもおそらく、てっぺんがラグーンの水面からほんの何センチかのぞくていどだろう——岩の表面をおおう群葉との相乗効果で、穴はほとんど見えなくなる。〝山羊の頭〟の手がかりがなかったら、絶対に見つからなかっただろう。

サムはフィンを使って底に向かい、砂を指でたどっていった。五、六メートル進むと、水底が斜めに下がり、いきなり闇に包まれた。体を横に倒してライトで上を照らすと、入口のアーチは見えず、かわりに、上にあるものが映った水面が見えた。腕時計を見て、腰のロープをしっかり三度引く。すべて順調だ、レミ。

とつぜん冷たい水に包まれ、新たな水流につかまった感じがした。こんどは右へ押しやられる。わずかながら体が回転していることに気がついた。まるで、見えない手に爪先旋回(ピルエット)をさせられているかのように。渦巻だ、と思い、すこしうろたえた。

ラグーンの水流と地下河川がぶつかって、冷たい流れが暖かい流れの下にすべりこみ、水の竜巻をつくり出しているのだ。いまは渦の外端にいるから、流れは強くても、フィンを使えば制御は可能だ。流れの速さは二ノットくらいか。だが、渦の中心に向かうにつれてもっと強力になるのはわかっていた。壁でありますようにと願った場所へ向かい、フィンを一、二度交差させ、水面に浮かび上がった。

伸ばした手が岩に触れ、そこをつかみにかかった。手のひらが表面を越え、地表に突き出た手がかりを指が見つけて、そこをつかんだ。がくんと動きが止まった。渦巻く水が足を引っぱってくる。ロープを三度引いてから、腕時計を見た。二分経過、あと八分。壁にそって水が勢いよく流れる音と、洞窟の奥から水の滴る音が聞こえてくるのを除けば、不気味なくらい静かだ。

歯で自由なほうの手から手袋をはずし、指先を持ち上げると、濡れた皮膚に一瞬、冷たい空気が押し寄せてきた。いい兆候だ。可能性は低いと思っていたが、洞窟と地下河川がつながったために汚染物質が運びこまれている可能性は、ゼロではない。有毒物があれば、流れ出る水にその兆候が見えるはずだ――つまり、魚がいないとか、岩が変色しているとか、海綿動物が死んでいるといった兆候が。ガスが噴き出ている可能性もある。しかし、さわやかな空気が流れていることから見て、その点にも問題はなさそうだ。サムは口からレギュレーターをはずして、においを嗅ぎ、息を吸ってみた。問題なし。またロープを引いて、すべて順調と合図を送ると、手袋をはめなおして、ライトであたりを照らした。

頭上二メートルくらいに、調査が正しい方向に向かっていることを示す最初の兆候が見えた。横板を並べた空中通路（キャットウォーク）が錆びたスチールケーブルで天井から吊り下がり、洞窟の反対側の壁まで続いていた。その下に造られた間に合わせの木の桟橋を、海底に沈めた木の杭が支えている。このキャットウォークのなかほどで別のキャットウォークが交わっていたが、その先は奥の垂直の壁まで続いていた。お世辞にも洗練された設備とは言えないが、誰かが努力の末に築いたものであるのはまちがいない。ケーブルの錆と泥におおわれた木の板からみて、かなり昔のものだろう。

洞窟は楕円形。幅は一五メートルくらいで、サムの五、六メートル頭上に鍾乳石におおわれた丸い天井があった。奥の壁と思われるところにライトを左右に走らせてみたが、見えるのは暗闇ばかりだ。地下河川と交わるところは壁に裂け目があって勢いよく水が流れているのではないかと想像していたのだが、この洞窟は控えの間にすぎないことに気がついた。奥が狭くなって壁が直径一〇メートルくらいになっている点を除けば、この洞窟と隣の割れ目洞のあいだに目で見てわかる切れ目はない。どこまで続いているのかはわからない。

このキャットウォークと桟橋で、小型潜水艦（ミニ）一、二隻を再装備（リフィット）できるだろうか？　サムは考えをめぐらした。どういう種類のどれだけの作業が必要かによる、と彼は判断した。そこからまた別の疑問が持ち上がってきた。なぜその作業を、海上にいるあいだにロートリンゲンの上でしなかったのか？　この疑問はセルマにぶつけてみよう。

腰のロープが激しく動きはじめた。レミの側からの緊急信号の段取りはつけていなかったが、本能的にその合図とわかった。

レギュレーターをくわえなおし、ひっくり返って水に潜ると、フィンを思いきり蹴って入口に向かい、ロープをたぐり寄せていった。ラグーンの水面に光が見えてくると、天井に向かって仰向けになり、フィンで岩との距離を保っていった。入口の前縁を過ぎ、一面の蔓の下の水面に浮かび上がる。

レミの名前を呼びたい衝動を抑えつけて、周囲を見まわした。

ラグーンには誰もいなかった。

ゴムボートもレミといっしょに消えていた。

17

ラグーンの向こうの土手に茂った下草のなかからぬっと手が現われ、サムのなかにつのってきた不安はたちまち安堵に変わった。彼のほうに手のひらを向けて、突き出している。待ての合図だ。その直後、群葉のなかからレミの顔が現われた。耳を軽くたたいて、空を指差し、立てた指をくるくる回転させている。十秒が過ぎ、二十秒が過ぎた。まる一分が過ぎた。そのとき聞こえた。ヘリコプターのブレードがたてるバタバタという音が。かすかだが、徐々に近づいてくる。サムは蔓の下から頭を突き出し、空に目を凝らして、音の主がどこかを突き止めようとした。

頭の真上、崖っ縁の上に回転翼（ローターブレード）が現われ、その直後、プレキシグラスの湾曲した風防が沈みかけた陽の光を受けてきらりと光った。ヘリの吹き下ろす風がラグーンの表面にさざ波を立て、空気中に細かな霧が充満する。サムは頭を引き戻した。レミが体をくねらせて、また視界から消えた。

ヘリコプターはラグーンの上空に静止したあと、機体を傾け、海岸ぞいを南へ離れていった――何分間もの出来事に思えたが、たぶん三十秒もなかったのだろう。サムはバタバタという音が遠ざかるのを待って、水に潜った。水をかいてラグーンを横切っていくと、最後に腹が砂地についた。水面に浮かび上がると、顔の前にレミの手がさしだされていた。それをつかみ、助けを借りて、下草のなかへ這い上がる。

「あの連中?」と、彼女がたずねた。

「わからないが、あとでおどろかないよう、そう思っておいたほうがいい。それに、あれは高価なヘリだ――ベル430だな。四百万ドル以上する」

「ウクライナ・マフィアのドンにぴったりの代物ね」

「ロシア人の子分とその親友八人がすわれるだけの広さがある。見られたか?」

「どうかしら。最初に通り過ぎたときはすごいスピードだったけど、すぐ旋回して戻ってきて、あと二回通過したわ。この地点に興味があるか、わたしたちがここにいるのを知っているかね」

「ゴムボートは？」

レミは左のほうを指差し、サムにも群葉のなかから何センチか突き出ている灰色のゴムが見えた。「できるだけ急いで隠したんだけど」

「よくやった」サムはそう言って、つかのま考えた。「洞窟に入ろう。やつらが着陸してこのあたりを見て回ることにした場合、隠れるにはあそこがいちばんだ」サムは耳を澄ませて、ベル430が戻ってきていないか確かめながら、潜水用具を脱いでレミに手渡した。彼女はそれを着けはじめた。

「あなたはどうするの？」と、レミがたずねた。

「きみはラグーンを渡って、洞窟にすべりこみ、ぼくが来るのを待つ。水が時計回りに渦を巻いているから、気をつけろ。ロープのたるみをとって、入口の近くを離れるな。こっちから三度引いたら、緊急事態。二度なら問題なしだ。そのまま動くな」

「了解」

「ゴムボートを引っぱってきて、なかに入れられないかやってみる。暗くなるまで待って、そのあと何ができるか検討しよう」

レミはうなずいて、潜水用具を着けおわると、最後にいちど周囲を見まわしてから、そっと水に潜った。彼女の吐き出す泡がラグーンを横切り、洞窟に入って見えなくなるまでサムは見守った。次に彼は下草のなかを這い、レミがゴムボートを隠した場所へ向かった。動きを止め、目を閉じて耳を澄ませたが、なにも聞こえなかった。

シールラインの防水かばんふたつにばらばらの道具をすべて詰めこみ、索止め（クリート）にかばんをしっかり結びつけると、ボートの長さ二・五メートルのもやい綱を自分のベルトに結んで、水中にすべりこみ、平泳ぎでラグーンを横断しはじめた。半分まで来たとき、いきなりビーチのほうからローターの音が聞こえてきた。肩越しに振り返ると同時にベル430がヤシの木の上に現われ、サムの上空に静止した。扉が開いている。黒いつなぎを着た人影が外に身をのりだし、彼を見下ろしていた。フロビッシャーを誘拐したアルキポフではない、と瞬時にわかった。ループがメールで写真を送ってくれた、もうひとりのほう――コルコフだ。男が手にしている太く短い物体も、見まちがえようがない。コンパクト・サブマシンガンだ。

サムは急いで空気を吸いこみ、ぱっとひっくり返って水中に潜った。彼の頭が水面下に消えると同時に、ゴムボートの横に付いているチューブがプシュッと音をたてて破裂した。彼の上にさざ波が立ち、銃弾が弧を描いて水に飛びこみ、あぶくの航跡を描くところが目の端に見えた。弾が一発炸裂するたびゴムボートが震えた。パンとはじけてはシューッとつぶれていく。ボートがトローリングモーターに引きずられるようにして、後部から沈みはじめた。

サムは足を強く蹴って、大きく腕を広げ、必死に洞窟の入口へ向かった。銃撃は二秒ほどやみ——弾をこめなおしていたのだろう——それからまた始まった。水面に雨あられと浴びせられた弾は、水中を一メートルくらい進んだところで推進力を失い、無害な物体と化して水底へ沈んでいった。岩のアーチの下にすべりこむと、サムにはなにも見えなくなった。銃撃音とローターの音がくぐもって聞こえてきた。

体を回し、足を蹴って上に向かい、天井を手で探った。ロープ……ロープ……出てこい……。何かが足をかすめた。ゴムボートだ。底へ沈んでいく。洞窟に向かう内流(インフロー)につかまったのだ。もやい綱が張り詰めて、ベルトが引かれた。いっしょに引きずられる。外でくぐもった銃撃音が続いていることも意識の隅でわかっていた。指がロープに触れた。ふくらはぎの鞘(さや)から潜水用ナイフを抜き、のこぎりで引くように切った。すると体が動きはじめた。洞窟へ吸いこまれていく。

酸素を奪われた肺が痛み、頭がズキズキしたが、手探りをしてロープをナイフの柄に結びつけようとした。ナイフが指からすべり、胸にぶつかる。ナイフをつかみ、再度試みて、なんとか小間結びに成功すると、足を蹴って水面に向かい、空気のあるところへ浮かび上がった。目の端にレミが見えた。右のほうの岩壁にしがみついている。サムの体を渦巻がとらえた。引っぱられる。

「サム――」

「ロープをたるませろ！」

サムはナイフを放り投げた。高く弧を描いて、キャットウォークを越える。ナイフが水に飛びこんだとき、すでに彼はそっちへ足を蹴ってロープに手を伸ばしていた。いきなりぐっと壁のほうへ引かれ、ロープから手が離れた。ゴムボートが渦巻のなかへさらに引きこまれたのだ。

「レミ、ロープだ、投げろ！」

「待ってて！」

バシャッと音がし、彼女が後ろで水をかくところが見えた。ゴムボートは荷物でずっしり重くなっている。サムは水中へ引かれた。口と鼻に水が勢いよく飛びこんできた。

「つかんで！」レミが大声で言った。「目の前よ！」

サムの頰を何かがかすめ、ぱっと手をやった。指がロープに触れ、手が握りしめる。がくんと動きが止まった。

息をついて、目の奥のチカチカがおさまるのを待ち、そのあと肩越しに振り返った。

レミはロープの反対端につかまって、水から体を半分出していた。ベルト通しに潜水用ライトがぶら下がり、壁に影が揺れていた。

「ナイス・トス」と、サムが言った。

「どういたしまして。だいじょうぶ?」

「ああ、きみは?」

「なんとかね」

ふたりはしばらく時間をとって、自分たちの位置を確かめ、そのあとサムが言った。「きみをキャットウォークに吊り上げよう。ロープを結わえてくれ。そしたらぼくも合流する」

「わかった」

レミの週三回、一回九十分のパワー・ヨガとピラティスのレッスンが真価を発揮した。腰と肩を揺すりながらサルのようにロープを登り、キャットウォークに転がりこむ。板がピシッと鋭い音をたて、ゆっくりと木が裂けていく音がした。レミは凍りついた。

「うつ伏せになって、手足を広げろ」サムが言った。「負荷を分散するんだ、ゆっくり」

彼女は言われたとおりにした。そのあと試しにひざとひじで横板に圧力をかけ、どこも外れて落ちることはないと確信できた。「だいじょうぶみたい」彼女はフィンを脱いでベルトにつなぎ止めてからロープを結わえた。

「ぼくのベルトには、ゴムボートと道具一式がぶら下がっている」サムが言った。

「救出の努力をする」

「わかった」

レミの結び目とサムのあいだには、六メートルのむきだしのロープしかない。残りは流れにたゆたっていた。サムはロープを三メートルほど引き寄せ、間に合わせのウエスト・ハーネスをこしらえると、手の感触だけで、ベルトともやい綱の結び目に巻き結びでしっかり結びつけた。頭上に右手を伸ばして、ロープを握りしめ、ハーネスのリリース・ループを引く。ロープがジュッと濡れた音をたてて張り詰めた。水面から持ち上がり、つかのま震えたが、そのあとは安定した。

「持ちこたえてくれそうだ」サムが大声でそう言い、ロープを登ってレミのそばに転がりこんだ。レミが彼をぎゅっと抱きしめた。彼の顔の上に濡れた髪が広がった。

「あの銃撃がわたしたちの疑問への答えね」と、彼女はささやいた。

「そのようだ」

「ほんとに撃たれていない?」とレミがたずね、目と手で彼の胸と腕と腹を調べた。

「まちがいない」

「移動したほうがいいわ。あれで終わりじゃないような気がする」

九分九厘はレミの言うとおりだと思ったが、あまり選択肢はないのもわかっていた。来た道を引き返すか、別の脱出経路を見つけるか、戦うか、隠れるか。ひとつ目はまずい。追跡者の手に落ちる。ふたつ目にも大きな疑問符がついた。比喩的にも、文字どおりの意味でも、この洞窟系が彼らのデッド・エンドになりかねない。袋小路にはまり、一巻の終わりにならないとも限らない。三つ目もまずい。靴屋のグイドがくれた三八口径のリヴォルヴァーがあるとはいえ、コルコフたちはアサルトライフルで武装している。四つ目の選択肢、つまり隠れることが、いまの状況を脱する唯一のチャンスだった。

問題は、追っ手が来るまでどれくらい時間があるかだ。自分たちには有利な点がひとつあることに気がついて、サムは腕時計を見た。水が洞窟に流れこむ時間帯はそろそろおしまいだ。あと何分かすれば、水は外へ流れはじめる。入りづらくなるはずだ。

「やっぱり、ここがナチの秘密の臨時潜水艦基地なんだわ」レミがそう言いながら、残りの道具を脱いだ。

「そうかもしれないが、まだ断言は――」

「ちがう、サム。そうじゃないの。見て」

サムがくるりと体を回した。レミは桟橋の上の岩壁を懐中電灯で照らしていた。ブリキとペンキで手作りしたものらしく、色の大半はとっくの昔にはがれ落ちていたが、それでも、この縦九〇センチ、横一二〇センチほどの長方形がなんであるかはわかった。

「ナチス海軍の旗だ」サムがささやき声で言った。急いで洞窟を調べたために、最初のときは見逃していたのだ。「われこそ所有者なりってか」

レミが声をあげて笑った。

ふたりは一歩ずつ慎重に歩を進め、もろいところを探りながら、キャットウォークをすこしずつ桟橋へ向かった。何度かギッ、ピシッと音がして、ぎょっとさせられたのを除けば、横に渡された板はしっかりしていた。泥まみれでぶあつい錆におおわれてはいたが、ケーブルもしっかりしていた。親指大の鋼鉄の小穴で天井と岩壁に固定されている。レミの懐中電灯の助けを借りながら、サムはいちどキャットウォークを引き返して、ロープをつかみ、水中のゴムボートを引きずって桟橋へ戻ってきた。ボート自体はずたずたになっていたが、モーターと付属のガス缶は銃弾のかすった跡がいくつかあるだけで奇跡的に無事だった。同じように、防水かばんのひとつには十個以上の穴が開いていたが、もう片方は無傷ですんだ。

「このなかを調べて、どれを持ち出すか判断しよう」と、サムが言った。

ふたりは端まで歩き、奥の壁を見た。ふたつ目の空間はサムの推測したとおり、割れ目洞だった。主洞窟の壁は何千年、何万年にわたる水の浸食でなめらかになっていたが、ふたつ目の空間の壁にはギザギザの鋭い角がある。両者を結ぶ箇所にVの字を広げたような形の二本のトンネルがあった。左のは上へ、右のは下へ傾斜していた。左のトンネルから水が勢いよく流れこんでいる。水量の半分は主洞窟へ流れこみ、もう半分は右のトンネルへ流れていく。

「例の川ね」と、レミが言った。

「ずっと昔からここにあったとは思えない」サムが答えた。「それにしては壁がギザギザすぎる」

「どれくらい前のものかしら？」

「百年そこそこってとこかな。よし、光明を見いだしにいこう。ぼくのベルトの輪をつかんでいてくれないか？」レミは言われたとおりにし、サムが前かがみになっているあいだ体を後ろにそらしていた。サムは右のトンネルを照らしたあと、「ははあ。よし、すこしロープを繰り出して、なかへ入らせてくれ」と言った。

「どう？」と、レミ。

「トンネルは奥で右に曲がっている。角を回ったところに、また桟橋とキャットウォークが見えた」

「さらに謎は深まるってわけね」

18

ロープは最初の二〇メートルから二メートルほど短くなっていたが、これを使って彼らは右のトンネルへ自分たちと道具を運ぶ仕組みを考え出した。レミが先になかへ入った。彼女が次の桟橋にたどり着くまで、サムは杭に結んだ輪からロープを繰り出していく。

「いいわ！」レミが呼びかけた。「二〇メートルくらいよ」

サムはロープを巻き入れ、モーターとゴムボート、防水かばんふたつと潜水用具をロープの端にくくりつけた。ボートを置いていくと、獲物はまだ洞窟にいるかもしれないと追っ手が考えた場合、見つかってしまうからだ。作業がすむと、ロープを繰り出していき、最後にレミが、「いいわ。そのまま保持して」と言った。サム

「結わえたわ！」

の耳に、水から道具を引っぱりだそうとする彼女のうめき声が聞こえた。

入口のほうからゴボゴボと音がして、そのあとプスプスッと聞こえた。レギュレーターが水上に突き出た音にちがいない。彼は桟橋の横板に顔を押しつけ、じっと動きを止めた。懐中電灯のスイッチを入れる音がして、壁と天井が照らされた。周囲を照らしていく光のなかに男の頭が見えた。そばに銃弾のような形の物体が浮かんでいる。バッテリー駆動の水中スクーターだ、とサムにはわかった。まともなフィンと強い脚力があれば、体重八〇キロ以上の男でも水中スクーターで四、五ノットは出せる。外向きの流れの有利性もこれで消え去った、とサムは思った。

男がキャットウォークの上に引っ掛けかぎのようなものを投げ、かぎについたロープをぐっと引いて、ロシア訛りの英語で叫んだ。「だいじょうぶだ。いくぞ！」男はスクーターを桟橋に向け、洞窟を渡りはじめた。

考えたり悔やんだりしている暇はない。サムはロープを三度引いて緊急事態の合図を出し、端から転がるようにして水中に身を沈めた。流れに乗ってトンネルを進む。二、三秒すると、次の桟橋が見えてきた。レミは桟橋の端にひざを突いてロープのたるみを取っていた。サムが口に指を当てると、彼女はうなずき、桟橋に上がる彼に手を貸した。

「悪党どもだ」と、彼はささやいた。

「時間の余裕は？」

「隠れるくらいしかない」

サムは周囲を見まわした。洞窟にEの字形のキャットウォークが渡され、この桟橋と奥の壁の前の桟橋をつないでいる。どちらの桟橋にもドイツ海軍の紋章がついた木箱が積み上がっていた。

こんどの洞窟は広さが最初の洞窟の二倍くらいあったが、割れ目洞だ。つまり、海側の出口はないだろう。それとも、あるのだろうか？ サムはそう考えて、ぐるりと周囲を照らした。奥の隅の天井から何かがぶら下がっていた。最初は、特別長い鍾乳石かと思った。懐中電灯で照らしてみると、じつは、干からびた木の根と蔓がもつれて水面近くまで垂れ下がっているのだとわかった。

「出口？」と、レミがたずねた。

「かもしれない。こっちのほうが流れはゆるやかだ」

「せいぜい〇・五ノットね」と、レミが同意した。

最初の洞窟から二種類の声が呼びかけあっているのが聞こえ、そのあともう一種類加わった。トンネルに銃声がいちどこだました。もういちど。そのあと十秒くらい連射された。

「水に撃ちこんでいる」サムがささやいた。「水中から飛び出させようってわけだ」

「ここを見て、サム」

彼はぐるりと懐中電灯を回し、レミが指差している水面に向けた。すぐ下に湾曲した形のものがあった。

「船体よ」レミがささやいた。

「そのようだ」

「UM-77かも」

「行こう、やるべき仕事がある」

サムは移動するあいだに計画を説明した。ふたりはモーターと残りの道具を穴だらけのゴムボートにくるんで、もやい綱で締め上げ、その塊を桟橋の下に沈めた。次にロープを一〇メートルほど切断し、一メートルごとに輪をつくりはじめた。その作業がすむと、サムがレミにたずねた。「どっちの役目がいい？」

「あなたが潜って、わたしは登る」

レミは急いで彼にキスし、ロープをつかむと、なかば駆け、なかば這うようにキャットウォークを渡りはじめた。

サムは懐中電灯をつかみ、桟橋からそっと水中に潜った。

これはモルヒ型の小型潜水艦ではない。サムはすぐに気がついた。小さすぎる。UM-34より二メートルぐらい短く、直径は半分ほど。マルダー型だ、と彼は判断した。基本的にはG7e魚雷ふたつを積み重ねたものだ。上のほうを空洞にし、アクリルガラスの展望ドームをつけて、コクピット兼蓄電室に改造する。下のほうを分離すれば、生きた魚雷になる。

湾曲した船体を底までたどっていくと、サムにはすぐにわかった。魚雷は装着されていない。チューブ形のコクピットだけだ。それが横倒しになり、展望ドームが砂に半分めりこんでいた。船体を蹴ってドームまで行き、砂のなかに懐中電灯を置いて、ボルトをはずす作業に取り組んだ。びくともしない。

時間だ、サム、時間だ……

肺が焼けつくように痛みはじめた。両手でボルトをつかみ、船体に足を踏ん張って持ち上げる。だめだ。もういちど。動かない。

水中にまたくぐもった声が聞こえてきた。さっきより近づいている。懐中電灯のスイッチを切って顔を上げ、自分の位置を確かめてから、潜水艦を蹴って、奥の壁へ向かった。暗いなかに桟橋の杭が見えてきた。杭と杭のあいだへすべりこみ、右に方向を変えて壁をたどっていく。桟橋を越えると、浮き上がって、そっと水面に出た。

洞窟に隣接して川のトンネルがあり、そこの壁に光が躍っていた――コルコフとその手下が桟橋にたどり着いたのだ。次はここへ来る。サムの三メートル左の水面近くに、例のもつれた木の根と蔓が垂れかかっていた。近くで見ると、思っていたよりずっと大きい。周囲は二〇〇リットルのドラム缶くらいあった。サムが横泳ぎでそこへ行き、しばらくつつきまわすと、レミのロープが見つかった。登りはじめる。

一分後、四、五メートルくらい登ったところで、伸ばした手がレミの足を見つけた。ロープの輪のなかに足を入れている。足をぎゅっとつかんで安心させると、彼女は小刻みに足を揺らしてそれに応えた。サムも輪のひとつに足を入れ、右手を入れて、ようやくくつろぐことができた。

「どう？」彼女がささやき声でたずねた。

「だめだ。身動きがとれなくなった」

「どうするの？」

「待つ」


長くは待たなかった。

コルコフの手下たちの動きは迅速だった。彼らもサムとレミと同じやりかたでふたつ目の桟橋にたどり着いたらしい。サムは蔓のすきまからのぞきこんだ。六人いる。ひとりが桟橋をずんずん進んで、懐中電灯で木箱を照らし、水を照らし、キャットウォークを照らした。

「いったいどこだ、やつらは？」男が怒鳴った。

コルコフだ、とサムにはわかった。

「おまえたち四人は、やつらを追いたてろ！」コルコフはそう命じると、別の男にあごをしゃくり、「おまえ、いっしょに来い！」と言った。

コルコフともうひとりが木箱を調べているあいだに、残りの四人は桟橋の端に並んで何度か短く水面を連射しはじめた。一分近くして、コルコフが呼びかけた。

「撃ちかたやめ、銃撃中止！」

「あそこに何かある」男のひとりが叫び、懐中電灯で水中を照らした。

コルコフは歩み寄ってしばらく見つめたあと、ふたりの手下を指差した。「あれだ！　道具を着けて、見てこい！」

ふたりは五分後に戻ってきて、その五分後には水に潜る準備がととのった。

「先に洞窟を調べろ」コルコフがふたりに命じた。「やつらがどこかに隠れていないか確かめるんだ」

ふたりはぶくぶく泡を立てて水面下に消えた。サムが見守るあいだに、彼らのライトは底と両方の桟橋の下を照らし、壁にそって移動し、最後にふたりとも水面に浮かび上がってきた。

「ここにはいません」ひとりが報告した。「隠れる場所はありません」

サムは押し殺していた息を吐き出した。沈めた道具は見逃してくれたようだ。

「川のトンネルを進んでいったのかもしれません」コルコフのそばに立っている男が示唆した。

コルコフはその説をしばらく検討した。そして「本当になにもなかったんだな？」と、潜ってきたふたりに質した。

ふたりともうなずき、コルコフは川のトンネル説を示唆した男のほうを向いた。

「パヴェルを連れて、ロープを巻いて、トンネルにやつらのいる気配がないか調べてこい」

男はうなずくと、桟橋の端へ移動して、巻かれていたロープを伸ばしはじめた。

「潜水艦を調べろ」コルコフが潜ってきた男たちに命じると、ふたりはレギュレーターをくわえなおして潜っていった。

彼らのライトが船体を照らしていき、最後に止まった。コクピットのドームだな、とサムは推測した。光がぐらぐら揺れ、金属と金属がぶつかるカチンというかすかな音がした。さらに三分過ぎたころ、ひとりが水面に浮かび上がって口からレギュレーターを引きむしった。

「マルダー型だ」男が言った。「77です」

「よし」と、コルコフが答えた。

「しかし、ボルトが動きません。バールが必要です」

桟橋にいたひとりがリュックのそばにひざを折って、バールをとりだした。潜り手は泳いできて、それを受け取ると、また潜っていった。

金属と金属がぶつかるくぐもった音がさらに五分ほど続き、しばらく静かになって、そのあと水面にとつぜん巨大なあぶくが現われた。

何分かして、潜っていたふたりがまた浮かび上がってきた。ひとりがホーッとフクロウのような声をあげ、水中から楕円形の物体を持ち上げた。

「持ってこい！」と、コルコフが命じた。ふたりが桟橋にたどり着くと、コルコフはひざを折ってその物体を受け取った。サムにはそれが何かわかった。おなじみの、焼きたてのパンのような形をした木の箱だ。コルコフはたっぷり一分くらいかけて箱を調べたあと、慎重にふたを持ち上げ、チラッとなかをのぞいた。目を近づけ、うなずく。

「よくやった」

川のトンネルから叫び声があがった。「助けてくれ！ 引け、引っぱれ！」

何人かが急いで桟橋を進み、ロープをぐいぐい手繰りはじめた。十秒くらいして、ロープの端に男が現われた。懐中電灯の光が男をぐるりと照らす。半分気を失っている。顔が血まみれだ。彼らは男をドックに引きずっていって、そこに寝かせた。

「パヴェルはどうした？」コルコフが詰問した。男は支離滅裂なことをつぶやいた。コルコフは男の顔を平手で打ち、あごをつかんだ。「答えろ！ パヴェルはどうした？」

「流れが急で……ロープが切れて……。あいつは頭を打った。手を伸ばしたが、消えちまった。あそこにいたと思ったら、次の瞬間には消えていた。消えちまった」

「くそっ！」コルコフはくるりと体を回し、ゆっくり歩いて桟橋の中間まで進み、それからくるりと振り向いた。「よし、おまえらふたりはそいつを連れて、ラグーンに戻れ」彼はもうひとりの男を指差した。「おまえとおれで爆薬を仕掛ける。ファーゴたちがまだ生きていても、生き埋めにしてやるんだ！　さっさとかかれ！」

19

コルコフと手下たちは出ていった。サムはレミに続けと身ぶりで合図し、急いでロープを下りた。ロープを揺すってレミにうなずきを送ると、彼女はキャットウォークに飛び降りた。サムもあとに続く。ふたりいっしょにひざを突いた。

「本気かしら？」レミがささやいた。

「ぼくらを生き埋めにできるだけの爆薬があるとは思えないが、もちろん正面の入口をふさぐことは可能だ。あそこの穴は調べたか？」と、彼は木の根がもつれたところをあごで示した。

彼女はうなずいた。「ただの裂け目だったわ――幅は五センチそこそこ。水面まては二メートルくらい」

「しかし、日光は見えた？」

「ええ。日が傾いてきたのがわかったわ」

「そうか、出口になるかどうかはともかく、少なくとも空気の通り道はあるわけだ。しかし、ちきしょう、ボトルを持っていかれた」

「いちどにひとつずつやるしかないわ、サム」

「そのとおりだ。このキャットウォークを離れて——」

きっかけの合図を受けたかのように、主洞窟からドーンと音がした。さらに、矢継ぎ早に二度。

「伏せろ！」

サムはレミを押し倒して上にかぶさった。数秒後、一陣の冷気が押し寄せた。トンネルから埃(ほこり)がどっと噴き寄せて洞窟に充満し、重いものは雨のように降りそそいできた。サムとレミは上を見上げた。

「ああ、やっとふたりきり」と、レミがつぶやいた。

サムはにやりとして立ち上がり、体から埃をはたくと、レミの手を引っぱって彼女を立たせた。「しばらくいたいか？」

「ご遠慮します」

「だったら、急いで脱出ポッドに取り組んだほうがいいな」

レミが両手を腰に当てた。「なんのこと?」

サムはベルトの懐中電灯をはずして、水中に向け、潜水艦の船体を照らした。

「あれのことだ」

「説明して、ファーゴ」

「念のために調べてみるが、来た道を引き返すことはできないだろうし、ぼくらの正確な位置を知る者はいないから、救出はあてにできない。残された選択肢はひとつ。川を行くしかない」

「ええっ?　コルコフの手下のひとりの命を奪って、奈落の底に突き落とした川を行くっていうの?　あの川を?」

「あれをたどっていけば、どこかに出る。トンネルの直径は四、五メートルあるし、水の流れは速く、一定している。途中で狭くなるところがあるなら、逆流や潮が高くなったときの跡が壁に見えるはずだ。ぼくを信じろ、あそこをたどれば、どこかへ出られる。湖か池か、別の海食洞に」

「まちがいない?」

「理論上は」

「個人的な考えだけど」レミは一瞬、唇を噛んだ。「こんなのはどう？　あなたがタンクのひとつにエンジニアの魔法をはたらかせて、天井の裂け目に穴をあける」

「それだけの出力はないし、天井全体が落ちてこないともかぎらない」

「たしかに。だったら、日が昇るのを待って、もつれた木の根に火をつける。それが狼煙（のろし）になって――」彼女はそこで言いやめ、眉をひそめた。「いまのは取り消し。助けが来るはるか手前で窒息死だわ」

「きみのケーブ・ダイビング歴もぼくに劣らない」サムが言った。「地形のことはわかっているはずだ。あの川がぼくらの最大のチャンスだ。唯一の」

「わかった。でも、ひとつ問題があるわ。わたしたちの脱出ポッドには水が充満していて、水面の四、五メートル下に沈んでいるのよ」

サムはうなずいた。「そう。そこが問題だ」

主洞窟の入口が本当に封鎖されたことを確かめてから、ふたりは第二の洞窟に戻って作業にとりかかった。まず水底から自分たちの道具を回収し、そのあとドイツ海軍の木箱をあさって、使えそうなものが残っていないか探した。錆びつきかけた道具がたくさん入った箱に加えて、ランタンが四つと、奉納用のような寸詰まりのロウソクが一ダースあった。ロウソクはサムのライターですぐに灯った。チラチラ瞬く黄色い光が桟橋と周囲の水を照らしだす。レミが残りの道具をかき分けて在庫リストを作っているあいだ、サムは桟橋の端に立ってぼんやり水を見つめていた。

「よしと」レミが言った。「読み上げるわね。エアタンクがふたつ。ひとつは三分の二で、もうひとつは満タン。懐中電灯が二本。両方ともちゃんと点くけど、電池の量は不明。わたしのカメラは撃たれちゃったけど、双眼鏡は無事よ。リヴォルヴァーは濡れずにすんだけど、弾のほうは保証のかぎりじゃないわ。水筒ふたつぶんの水に、ちょっぴり湿ったビーフジャーキーが少々。救急箱。ガーバー・ノーチラスの万能ツール。防水かばんは無事にすんだのがひとつ、スイスチーズと化したのがひとつ。そして最後に、防水携帯電話が二台。機能に問題はなく、フルチャージに近いけど、ここでは使えないわ」

「モーターは?」

「可能なかぎり乾かしたけど、試してみないとわからない。ガスタンクについては、穴はひとつも見つからなかったし、弁もしっかり閉じているから、だいじょうぶだと思う」

サムはうなずいて、また水を見つめはじめた。

十分後、彼はコホンと咳ばらいをして、「よし、いけるぞ」と言った。レミに歩み寄って、かたわらに腰をおろす。

「聞かせて」と、彼女は言った。

サムは説明を始めた。レミは聞きおわると口をすぼめ、首を傾げてからうなずいた。「どこから始める?」

作業は這い歩きから始まった。サムにとっては緊張と閉所恐怖症をともなう作業だった。密閉空間も水も苦にはしないが、ふたつが組み合わさるのは気持ちのいいものではない。

マスクと潜水ベルトだけをつけ、まず何度かならしダイブをして肺活量を上げてから、地上でたっぷり一分間深呼吸を繰り返し、血液に最大限の酸素を送りこんだ。最後にひとつ息を吸って、水底へ潜った。懐中電灯を持った手を前に伸ばし、身をよじらせながら潜水艦のドーム形のハッチを通り抜け、後部へ向かった。ポコモク川でドイツ海軍の潜水艦をざっと調べたときの経験から、マルダー型の船首区画には座席がひとつと、基本的な操縦装置と潜水制御装置しかないのはわかっていた。いま探しているもの――ハッチのバルブ――があるのは、船尾区画だろう。配管にそって体を押したり引いたりしながら進んでいくと、円筒形の壁が迫ってきて、暗闇と水に押しつぶされそうな気がしてきた。胸に熱い恐怖が花を開く。それを抑えつけて神経を集中しなおした。ハッチのバルブだ、サム。ハッチを目指せ。

懐中電灯で右と左と前を照らしていく。彼はレバーを探していた。船体に一段持ち上がった円筒形のところがあるはずだ……。とつぜんそれが現われた。左前方。手を伸ばしてレバーをつかみ、懸命に動かそうとした。びくともしない。潜水用ナイフを抜いて、レバーと船体のあいだに押しこみ、再度試みた。錆がつぶれてほとばしり、レバーが動いた。肺がバクバク言っている。反対側のバルブに向かって同じプロセスを繰り返し、外へ戻ってフィンで水面へ浮上した。

「だいじょうぶ?」と、レミが呼びかけた。

「だいじょうぶの定義は?」

「致命傷を負っていないこと」

「だったら、イエスだ。だいじょうぶ」

計画の次の段階には三時間を要した。その大半は、ドイツ軍が残していったロープを選別してつなぎ合わせる作業に費やされた。ロープの半分は完全に腐っているか、とてももろくなっていて、サムは信頼する気になれなかった。これから試みることだが、チャンスは一回しかない、と彼はレミに告げた。失敗したら、彼女の狼煙のアイデアに立ち戻って、煙にやられる前に助けが来ることを願わなければならなくなる。

　四時間後、サムの腕時計によれば午後二時ごろに、準備がおおむねととのった。ふたりは桟橋の端に立って、自分たちの手仕事をつぶさに検分した。

ロープを四本撚り合わせて太いひもを二本作った。一本は潜水艦の船首、もう一本は船尾の索止めにしっかり結びつけた。この二本は水中から天井へ続いていた。クライミングの名手であるレミがキャットウォークを吊るしている天井の小穴に通してきたのだ。ひもはそこからまた下へ向かい、キャットウォークの厚板の下のケーブルに結わえられていた。垂直の支持ケーブルどうしも結ばれている。蜘蛛の巣のように注意深くケーブルの中間点がつながれていた。サムはケーブルの一本——潜水艦に固定したひもからいちばん遠いもの——に、スキューバ・タンクのひとつをしっかり結びつけた。

「それじゃ」レミが言った。「復習しましょう。あなたがタンクを撃ち、爆風でケーブルが切断されると、キャットウォークが落ち、潜水艦が勢いよく水面に浮かび上がって、なかの水が流れ出る。そういうことね？」

「だいたいそんなところだ。タンクは爆発するわけじゃなく、ロケットみたいに発進する。準備が適切なら、その回転力で弱ったケーブルが切れる。それプラス、数学とカオス理論だ」

潜水艦と内部の水の重さを推定し、さらにキャットウォークの合計重量とケーブルの剪断限界を推定する作業には頭を悩ませたが、処理過程にはかなりの自信があった。道具箱に、古くて錆びてはいたがまだ使える弓のこがあり、それを使ってキャットウォークを吊っている十八本のケーブルのうちの十一本の中間点に、半分の切りこみを入れておいた。

「それと、引力ね」とレミが言い、彼を抱きしめた。「成功しても失敗しても、あなたのことを誇りに思うわ」彼女はサムにリヴォルヴァーを手渡した。「あなたのネズミ捕りよ。実行の栄誉にはあなたが浴しなさい」

ふたりはドックの遠い端に集めておいた木箱の防壁の後ろに行って、サムの銃口以外はすべての準備がととのっていることを確認した。

「準備はいいか？」と、彼はたずねた。

レミが両手で耳をふさいでうなずく。

サムは銃を握った手をもう片方の前腕で支え、狙いをつけて引き金を引いた。

ドカン、ヒューッという音と閃光と鉄の裂けるかん高い音と雷鳴のような水しぶきの音で、銃の発射音はたちまちかき消された。

サムとレミは防壁の上からのぞいてみたが、十秒くらいは地下洞窟を埋め尽くしていく細かな霧以外、何ひとつ見えなかった。その霧がゆっくりと晴れていく。ふたりは木箱をよじ登って反対側へ降り、桟橋の端に歩み寄って下を見た。

「信じていたわ」と、レミがつぶやいた。

海食洞の底に横たわったまま六十年を過ごしてきたマルダーＩ型小型潜水艦ＵＭ‐77が水面から勢いよく姿を現わし、ハッチから水をほとばしらせていた。

「美しい」サムにはそれ以外の表現が見つからなかった。

20

また大きな岩が出てきた。サムもレミも、頭にゴングの音がガンガン鳴り響いているような気がした。潜水艦は岩に軽く当たって乗り越え、がくんと左へ傾いたが、すぐさま立ちなおり、船首を下に川の主流へ勢いよく飛びこんだ。アクリルドームに水がどっとかぶさり、一瞬前が見えなくなったが、すぐにまた視界が開けた。懐中電灯で船首の向こうを照らしてみたが、岩壁が両側を勢いよく通り過ぎ、船の丸い鼻先に白い水が激突するところしか見えない。事の重大さはサムにもわかっていたが、それでもディズニーワールドの乗り物みたいだと思わずにはいられなかった。

「だいじょうぶか、そっちは?」と、彼は呼びかけた。

コクピットの座席の後ろで体を寝かせて船体に腕を突っ張っていたレミが叫び返

す。「絶好調よ！　どれくらい経った？」

サムは腕時計を見た。「二十分」

「ええっ？　まだそれだけ？」

本当に計画どおりにいった――その軽い衝撃から回復すると、サムとレミは水中にのりだして、潜水艦の船首をもう何センチか水面から持ち上げ、残りの水を排出した。そのあとレミが潜水艦のなかに入って、ふたつのハッチを閉じた。

そこからは、あまりすることがなかった。潜水艦に漏れ口がないか確かめ、キャットウォークからはがした板を何枚か注意深く配置して内側を強化しただけだ。二〇〇リットルほどのバラストタンク――左舷と右舷の前後に渡された一〇センチのパイプ――は満タンで、潜水艦のバランスはうまく保たれていた。

可能なかぎりの準備ができたと確信すると、ふたりは桟橋でランタンの輪のなかに身を寄せ合って四時間の睡眠をとった。夜明けとともに起き、生ぬるい水と湿ったビーフジャーキーで朝食をすませ、必需品をいくつか潜水艦に積みこむと、船内に乗りこんだ。サムはキャットウォークの板をパドルがわりに、潜水艦を川のトンネルの入口へ寄せ、ハッチを閉めて機をうかがった。

いまのところ、潜水艦の強化アルミの船体はしっかりしているし、地質も味方についていた。トンネルの壁にはまだギザギザがあったが、水路そのものの岩はかなり昔から浸食を受けてなめらかになっていた。船体を引き裂くような鋭い先端は残っていない。

「踏んばれ！」サムが大声で言った。「大きな岩が来る！」

潜水艦の船首が岩にまともに向かっていき、持ち上がって頂上を越え、左にそれた。流れを受けて船尾がくるりと回り、船体が壁にぶつかる。

「いたた！」と、レミが叫んだ。

「だいじょうぶか？」

「あざのコレクションが増えただけ」

「フォーシーズンズに戻ったら、スウェーデン式のマッサージを受けさせてやる」

「約束よ！」

急流の旅は一時間が二時間になり、潜水艦はトンネルの壁にぶつかっては跳ね返り、大きな岩を飛び越えては、右から左、左から右と、水の流れにもまれていった。ときおり、それまでより幅が広くて流れのおだやかな箇所が出てくると、サムはドームを開けて新鮮な空気を取りこみ、レミが残りのスキューバタンクからたえずぞそぎこんでいる酸素を補った。

潜水艦は時計仕掛けのように数分ごとに大きな岩の群れに遭遇し、岩に乗り上げたり、横倒しになったり、シーソーのようにバランスをとったまま急流の上で動きが止まったりした。そのたびに、ふたりで右や左にそっと潜水艦を揺すってバランスをとって潜水艦を水路に戻したり、サムがドームを開けて板のパドルで押したり、てこの力を使ったりしなければならなかった。

旅が三時間に近づいたころ、猛り狂う水の音がとつぜん弱くなった。潜水艦の速度が落ちて、けだるそうに回転を始めた。

「どうしたの?」と、レミが呼びかけた。

「わからない」サムは答えた。

ドームに顔を押しつけると、鍾乳石にびっしりおおわれた丸い天井が見えた。なにかがこすれるような音が聞こえ、左を見ると、一面の蔓が自動洗車場の回転ブラシのようにドームに迫ってきた。ドームに太陽の光が炸裂(さくれつ)し、潜水艦内部に黄色い輝きが充満した。

「日光?」レミがたずねた。

「まちがいない!」

船体が砂にこすれて速度が落ち、そのあとゆっくり停止した。サムが前方に目を凝らす。潜水艦は別のラグーンに乗り上げていた。

「レミ、着いたようだぞ」

サムはドームのかんぬきをはずして押し開けた。わずかに塩気のまじった涼しい空気がハッチからどっと押し寄せてきた。サムは腕を外にぶらんと垂らし、頭を後ろに傾けて、存分に太陽の光を浴びた。

左のほうからなにか音が聞こえて、目を開き、頭をめぐらせた。三メートルくらい先の砂の上に、潜水用のフィンとハーネスを着けた若いカップルが腰をおろしていた。ぽかんと口を開けて固まったまま、サムをまじまじと見ている。男は農夫のように日に焼け、女は白っぽいブロンドの髪――熱帯を冒険中のアメリカ中西部人といった趣だ。

「おはよう」サムが言った。「ちょっとケーブダイビングをしていてね」

男女は無言のまま同時にうなずいた。

「あそこで迷子にならないよう、気をつけたほうがいい」とサムが助言した。「戻ってくるのはちょっと骨かもしれないから。ところで、いまは何年だい？」

「善良な人たちをからかわないの、サム」と、レミが後ろから小声でたしなめた。

21

「天国だわ」レミがつぶやいた。「まさしく天国だわ」

〈フォーシーズンズ〉のヴィラに戻って、いっしょにたっぷり熱いシャワーを浴びると、サムは先刻の約束を守った。まずシーフードサラダとサワードウの焼きたてのパンとトロピカルフルーツ盛りの豪華なランチを注文し、そのあと女性のマッサージ師ふたりから一時間をかけてホットストーン・マッサージを受け、そのあとさらにスウェーデン式のディープティシュー・マッサージを受けた。サムとレミはヴェランダに並んで寝ころがり、ふたりのまわりで熱帯のそよ風が薄地のカーテンをふくらませてはうねらせていた。ビーチの波が静かに寄せては返している。自然の子守唄だ。

洞窟から脱出したときに遭遇しておどろかせたカップルは、本当にアメリカ中西部から来た人たちだった。マイクとサラはミネソタ州からハネムーンに来たのだという。三度試したあと、ようやく彼らはサムの「ここはどこだい？」という質問に答えてくれた。ラム島（キー）の北の海岸、ジャンカヌー・ロックとリバティー・ロックのあいだだった。サムの計算によれば、ふたりは地下河川を一五キロくらい旅してきたことになる。

マイクとサラは貸しボートにふたりを乗せて、サムが愛着をいだきはじめた小型潜水艦を牽引してくれた。ラム島に着陸してから四十二時間、サムとレミは最初に上陸したビーチに帰還を果たした。ふたりを招いてくれた謎の男の姿は見えず、彼らは潜水艦を力ずくで下草のなかに押しこんで、小屋の壁に〈これの見張りをお願いします。回収しに戻ってきますから〉とメモを残しておいた。小屋の主がどういう計画を立てているか、サムにはわからなかったが、ただ放置していくのはよくない気がした。

このあとふたりはボナンザに乗りこんで、本島のホテルに向かった。

マッサージが終わると、サムとレミはしばらくそのままましどろみ、それから起き上がって、部屋に戻った。すでにセルマには〝無事〟とメールを送ってあったが、サムは部屋から彼女に電話をかけて、スピーカーフォンに切り替えた。そして洞窟での冒険譚をかいつまんで話した。

「ありふれた休暇をとったからと言って、誰もファーゴ夫妻を責めたりしないと思いますけど」というのが、セルマの感想だった。「謎のひとつにはお答えできるかもしれません。おふたりを追ってきたのがなぜコルコフだったかです。ループから連絡がありました。グリゴリー・アルキポフはヤルタの駐車場で死体で発見されたそうです。手足を失くした状態で。ショットガンで切断されたものだとか。ループから頼まれました――」

「用心するよう言えと」と、サムが受けた。「用心はしている」

「問題は、コルコフがどうやっておふたりを見つけたかです」

「その点は、ぼくらもずっと不思議に思っていた。ぼくらの――」

「お使いになった口座が調べを受けた形跡はありませんし、こっちのコンピュータはすべてファイアウォールを立ててありますから、そこから旅程を入手できたとは思えません。パスポートの記録も同様です。政府はその点に厳しいですから」

レミが言った。「そうなると、あとは、航空会社か……」

「こっちの知らない手がかりをつかんだかだ」と、サムが受けた。「しかし、だとしたら、なぜやつらは先に洞窟を調べていなかったのかという疑問が生じる」

「引き続き、解明にあたりますが」セルマが言った。「わたしたちの線からではないと思います」

「わかるまでは、最悪の事態を想定して用心を続けましょう」と、レミが言った。

「それが望ましいと思います。ところで、この潜水艦ですが……」

「UM‐77のことだな」と、サム。

「はい。わたしがこっちに回収しましょうか？」

「それがいいわね」レミが答えた。「そうしないと、サムがすねるでしょうし」

「歴史的な遺物だぞ」サムは不満げに言った。

今回の問題がすべて解決したら、ドイツとバハマの両政府に潜水艦待避所の話をして事態を収拾してもらうことで、ふたりの意見は一致していた。

「どっちの国も引き取りたがらなかったら？」と、レミはたずねた。

「うちのマントルピースの上に飾ろう」

レミがうーんとうめいた。「それを恐れていたのよ」

セルマが言った。「わたしがなんとかします。二、三日かかるかもしれませんが、こっちに回収しましょう。ところで、コルコフにボトルを奪われたわけですね」

「残念ながら。なにか情報は？」

「あります。というか、いくつか、おふたりが関心を示されることがあると思います。アワフキムシのほかに、トスカーナ群島にしかないものがあるんですが、なんだと思います？」

レミがまず答えた。「例の黒バラね」

「またまた正解です。時系列のギャップを埋める必要がありますが、あのインクはナポレオンがエルバ島に滞在中にラベルに使われた可能性が高そうです」

「あるいは、インクを島から持ち出してあとで使ったか」と、サムが言い添えた。

「どちらにせよ、これもパズルの一片だ」

「あの、もうひとつあるんです」セルマが言った。「わたしたちのボトルは謎で包まれたタマネギみたいな感じです。あの革のラベルは一枚のものではなく、二層をいっしょにプレスしたものでした。傷をつけずに上の層をはがすことができました」

「そしたら？」

「インクはないんですが、また食刻（エッチング）がありました——格子状にシンボルを並べたものが。横に八つ、縦に四つ、全部で三十二あります」

「どんなシンボルだ？」

「なんでもありです。錬金術から、キリル文字、占星術にいたるまで、ありとあらゆるものが。なにかを基にしたものではない独自の形状暗号（シェイプ・コード）ではないかと、わたしは思います。ミスター・ファーゴはシェイプ・コードにお詳しいのでは」

　そのとおりだ。サムはＣＩＡのキャンプペリーの訓練中、三日を割いて暗号法の歴史をたたきこまれた。「基本的には換字暗号だ」と、彼はレミに説明した。側卓からはぎとり式のメモとペンを手にとり、三つのシンボルを描き記す。

□　◆　○

サムが言った。「では、最初のシンボルがc、次がa、その次がtの字を表わしていると仮定しよう」

「猫（キャット）」と、レミが言った。「すごく簡単な気がするけど」

「ある意味ではそのとおりだが、基本的には、解読不能な暗号と言ってもいい。軍もこのたぐいを使っていてね。一回限り暗号（ワンタイムパッド）と呼ばれるものだ。理屈はこうだ。ふたりの人間が暗号化と解読のための一覧表を持っている。ひとりがシェイプ・コードでメッセージを送り、もうひとりが形を文字に置き換えて解読する。一覧表がなければ、手元にあるのはでたらめな記号でしかない。ほかの誰にもその意味はわからない」

「そして、わたしたちの手には一覧表がない」と、レミ。

「そのとおりだ。セルマ、それをこっちに送ってくれないか」

「お話のあいだにもお送りします。わたしが撮った元々の写真ではありませんが、ウェンディがベクトル描画プログラムで再現をしてくれました。ただのサンプルですが――」

その直後、サムのメールの着信音が鳴って、彼は画像を呼び出した。

「これの解読については、ちょっと考えがあります。少なくとも出発点にはなりそうな気がします」と、セルマが言った。「船でセントヘレナへ向かうために密輸人

のアリエンヌを雇った、〝少佐〟と呼ばれる謎の男を覚えておいでですか？」

「もちろん」と、レミが答えた。

「この少佐が何者か、わかった気がします。一八四〇年代にドイツで書かれたあまり世に知られていないナポレオンの伝記にひょっこり出くわしまして。一七七九年、ナポレオンは九歳のとき、フランスの兵学校に入れられました。トロアの近くにあるブリエンヌ・ル・シャトーという土地です。そこで彼はアルノー・ローランという少年に出会い、友だちになりました――王立士官学校、その後の砲兵学校から、ワーテルローの戦いにいたるまで、この友情はずっと続きます。この伝記の著者によれば、一七九〇年代のなかごろ、つまり第一次イタリア遠征の直前まで、ローランの階級はつねにナポレオンの一歩先を行っていました。当時の階級は少佐・将でしたが、ふたりきりのときや、内輪の人間しかいないとき、ナポレオンは冗談めかしてローランのことを〝少佐〟と呼んでいたそうです。ナポレオンには長年にわたる腹心の友が何人かいましたが、ローランほど近しい人間はいませんでした」

「遺産は残っていないのか？」サムがたずねた。「アルノー・ローラン図書館とか？」

「そのたぐいは、残念ながら。ローランに関する情報はあまりたくさんないのですが、わたしの集めた情報によれば、ナポレオンが没してちょうど四年後の一八二五年に彼は亡くなっています。ある文献によれば、〝彼のもっとも大切な財産〟といっしょに埋葬されました」

「運がよければ、それが暗号を解読する魔法のリングになるかもしれない」と、サムが言った。

「符合表(コードブック)に」と、レミ。「セルマ、彼が埋葬されたのはどこ?」

「ワーテルローで大敗を喫したあと、ナポレオンの降伏は英軍艦(HMS)ベレロフォン上で受け入れられました。ナポレオンの幕僚も列席していましたから、当時の最高軍事顧問だったローランもその場にいたのではないかと推測します。その後、ベレロフォンはプリマスにおもむき、二週間待ったあと、ナポレオンはセントヘレナ島への最後の航海のために——ただひとり、ほかに幕僚もなしで——HMSノーサンバーランドに移されました。ローランが亡くなったとき、未亡人となった妻のマリーはセントヘレナのナポレオンの隣に埋葬したいとイギリスに願い出ましたが、これを拒否されたため、次善の策を実行します。つまり、夫をエルバ島に埋葬したのです」

「不思議」と、レミが言った。

「詩的だ」と、サムが答えた。「ローランが仕えた将軍であり彼の親友であった男は、流刑先で命を落として同地に埋葬された。そして、残された妻が選んだのは……」サムは適切な言葉を探した。「団結の象徴たる場所だった」

レミが首を傾けて、夫を見た。「美しい表現だわ、サム」

「ぼくにも見せ場はあるさ。セルマ、ナポレオンの遺品だが……セントヘレナから運び出されてはいないのか？」

「運び出されています。これ自体、じつに興味深いお話でして。一八三〇年には、ナポレオンがワーテルローで敗れたあと王座を奪還したブルボン家もオルレアン王朝によって転覆の憂き目にあっています。オルレアン家はブルボン家に比べるとナポレオンに多少のノスタルジーをいだいていたため、彼を本国に持ち帰りたいとイギリスに願い出ました。七年の論争を経てイギリスはこれに同意し、遺品はセントヘレナから運び出されて、パリに帰還します。彼の正式な墓はアンヴァリッド廃兵院のドームの下です。

ローランの墓はいまもエルバ島にあります。正確に言うと、半地下式納骨堂（クリプト）のなかに。問題は、これにどう対処するかです。そこに押し入って墓泥棒を演じるのは、おふたりとも避けたいのではないでしょうか」

「理想を言えば」と、サムが言った。

「でしたら、許可をもらう必要があります。運のいいことに、ローランには五、六代離れた孫娘がいて、彼女はモナコに住んでいます」

「おお、春のモナコか」サムがつぶやいた。「異論はないな？」

「あるわけないでしょ」と、レミも同意した。

22

フランス領リヴィエラ、モナコ公国

サムはレンタルした薄緑色のポルシェ・カイエンでライラックの咲き乱れる私道を進み、ポワン・ド・ラ・ヴィエイユの沖を見晴らす白い化粧漆喰(しっくい)とテラコッタ屋根の、四階建てのヴィラの前に停止した。

アルノー・ローランから何代か経た子孫であるイヴェット・フルニエ－デマレは、亡くなった夫がモナコで展開していた数多くの事業の所有権を相続し、唖然とするくらい裕福だった。事業のなかには、五指に余るビーチリゾートとモータースポーツ・クラブの経営もあった。ゴシップ紙によれば、彼女は五十五歳にして、モナコで結婚相手としてもっとも望ましい独身女性とのこと。十五年前に夫を亡くして以来、王族の子息から、著名人、大実業家まで、欧州ジェット族の錚々たる顔ぶれから求愛を受けてきた。彼女はその全員とデートをしたが、四カ月以上続いた者はおらず、結婚の申しこみを何十と断わってきたとのうわさだ。彼女はひとり暮らしで、ヴィラにいるのは控えめな数のスタッフと、アンリという名のスコティッシュ・ディアハウンドだけだという。

おどろいたことに、彼女との面会はいとも簡単に実現した。まず最初に信任状と要望をニースにいるミズ・フルニエ-デマレの弁護士に提示すると、彼は連絡をとることを承知してくれた。一日もたたず、彼女から直接、すぐ会いにくるようにとの電子メールが送られてきた。

ふたりはポルシェを降りて前庭に足を踏み入れた。水を高々と噴き上げている一対の噴水に挟まれた通路を進み、玄関にたどり着いた。彼らの頭上一メートル以上まで、マホガニー材とステンドグラスのぶあつい一対の板がそびえていた。サムが壁のボタンを押すと、なかでやわらかなチャイムの音がした。

「マルシア・デ・ムネグー」と、レミが言った。

「なんだって?」

「ドアベルのチャイムよ、《マルシア・デ・ムネグー》。つまり、モナコ賛歌。この国の国歌よ」

サムは微笑んだ。「機内でガイドブックを読んだっけ?」

「郷に入りては……」

ドアが開き、ネイヴィーブルーのスラックスとポロシャツに身を包んだ、レールのように体の細い中年男性が姿を見せた。「ファーゴ夫妻でいらっしゃいますね?」イギリス風の発音だ。男は返事を待たずに、ただすっとわきへ退き、くいっとあごを傾けた。

ふたりは玄関広間に足を踏み入れた。シンプルだが趣味のいい造りだ。床は淡い青色のエジプト風石板(スレート)、壁には地中海(メディタレニアン)ブルーのやわらかな漆喰が使われている。十九世紀イギリスのトーマス・シェラトンがデザインした半弓形(デミ・ルーン)のコンソール・テーブルには銀縁の鏡がのっていた。

「わたしはラングドンと申します」と男は名乗り、ドアを閉めた。「女主人(ミストレス)はヴェランダにいらっしゃいます、どうぞこちらへ」

ふたりは男のあとから廊下を進んだ。改まった機会用のフォーマル・ルームをいくつか通り過ぎ、この家の半分を占める私用区画に入って、フレンチドアを開き、節やこぶをそのまま残して磨き上げたクルミ材の多層構造デッキに足を踏み入れた。

「あちらにいらっしゃいます」とラングドンは言い、ヴィラの外壁にそった螺旋階段を身ぶりで示した。「では、わたしはこれで……」ラングドンはきびすを返し、フレンチドアに戻って姿を消した。

「すごい、見て、あの景色」レミが手すりに歩み寄った。サムもそこに加わった。岩の露出した護岸堤防の下に広大な地中海があり、ヤシの木と花の咲き誇る熱帯低木林があった。雲ひとつない空の下に一面のインディゴブルーが広がっている。

女の声が呼びかけた。「その風景、わたしも見飽きたことがないの」

ふたりは振り向いた。白い無地のサンドレスに身を包み、ヒマワリ色のつば広の帽子をかぶった女が階段の上に立っていた。イヴェット・フルニエ・デマレだ、と思ったが、四十歳以上の年齢とはサムにもレミにも思えなかった。帽子の下の顔は日に焼けていたが、こんがりというほどではなく、ハシバミ色の目のまわりにほんのわずか、笑いじわがうかがえた。

「サムとレミね？」と彼女は言い、階段を下りてきて腕を広げた。「イヴェットよ。うれしいわ、来ていただいて」わずかにフランス訛りがあるが、すばらしい英語だ。

ふたりは順々に握手をすると、彼女のあとから階段を登り、奥を回りこんで、オープンエアのサンルームに入った。チーク材の椅子と寝椅子をガーゼのカーテンが包みこんでいる。椅子のそばの陰につややかな茶色と黒の犬がすわっていて、サムとレミを見るなり立ち上がろうとしたが、女主人の「おすわり、アンリ」というやわらかなひと声でまたすわりなおした。全員が腰を落ち着けると、彼女が言った。

「思っていたのとちがったのね？」

サムが返答した。「正直申し上げて、おしゃるとおりです、ミセス——」

「イヴェット」

「——イヴェット。正直、思っていたのとまったくちがいました」

彼女は笑い声をあげ、日差しを受けて白い歯がきらめいた。「そしてあなた、レミ、ひょっとして、いかにも既婚婦人といった感じだと思っていた？　小わきにプードルを抱いて、もう片方にシャンパンのフルートグラスをかかえ、全身に宝石をちりばめているお高くとまったフランス人みたいなのを？」

「申し訳ありませんが、たしかに、そのとおりです」

「まあ、謝ったりしないで。いまわたしが描写した女性は、こっちでは例外じゃなくてお決まりのものだから。じつを言うと、わたしはシカゴ生まれなの。あの街の小学校に二、三年通ったあと、両親に連れられてニースに戻ったの。質素な人たちだったわ、父も母も。とても裕福だったけど、質素な趣味の持ち主だった。あの両親じゃなかったら、わたしも、あなたたちが予想していたみたいなステレオタイプの人間になっていたかも」

　ラングドンがトレイを手に階段を上がってきて、アイスティーの水差しと霜におおわれたグラスをテーブルに置いた。

「ありがとう、ラングドン」

「どういたしまして」彼は向き直って立ち去ろうとした。

「今夜は楽しんできてね、ラングドン。それと、幸運を」

「はい、ありがとうございます」

　彼が声の届かないところまで離れると、イヴェットは体を前にかがめてささやき声で言った。「ラングドンはある未亡人とつきあって、もう一年になるの。プロポーズするつもりよ。彼はモナコで指折りのF１レーサーでもあるの」

「本当ですか」と、サムが言った。

「ええ、本当ですとも。とても有名なのよ」

「お訊きして差し支えなければですが、どうして彼は……」

「わたしのところで働いているのか？」サムがうなずくと、イヴェットは言った。

「もう三十年もいっしょなのよ、わたしと亡くなった夫がつきあいはじめてから。わたしは彼に給料をはずみ、わたしたちはおたがいがお気に入り。彼は執事とまではいかないけど、それ以上に……なんて言ったらいいかしら……アメフトだったら、さしずめ彼は――」

「フリー・セイフティ？」

「そう、それよ。わたしのためにいろんな仕事をしてくれるの。ラングドンは退役する前は特殊部隊員（コマンド）だったの――イギリス陸軍特殊空挺部隊の。屈強の戦士なの。とにかく、結婚式と披露宴はここでするわ。もちろん、彼女がイエスと言ったらだけど。おふたりもいらしてね、絶対に。アイスティーはいかが？」と彼女はたずね、ふたりのグラスについだ。「富める者の飲み物とは言えないけど、わたしは大好きなの」

　サムとレミはそれぞれ、彼女から、グラスを受け取った。

「さてと。アルノー・ローランだったわね……。わたしの何代も前のご先祖さま。あなたたちは彼に興味があるのよね？」

「とても」と、レミが言った。「その前に、なぜわたしたちに会うのを承知してくださったんでしょう？」

「あなたたちのお話を読んでいたからよ、冒険のお話を。それと、慈善活動のことも。あなたたちの生きかた、立派だなって。ちょっと乱暴な言い方になるのを承知で言えば、こっちには恐ろしいくらい裕福な一族がいくつもいて、全部使おうと思っても使いきれないくらいのお金を持っているのに、彼らは一銭も手放そうとしない。わたしに言わせれば、人はお金に執着すればするほど、お金に縛られることになるものだわ。そうじゃない？」

「たしかに」と、サムが言った。

「だからわたしは、あなたたちに会うことに同意したの。あなたたちのことが好きになるのがわかっていたし、そのとおりだったわ。それに、あなたたちの探索（クエスト）にアルノーがどう関わってくるのかにも興味があって。何かを探しているのよね、冒険中なんでしょう？」

「ええ、まあ」

「すごい。いつか、ついていってもいい？　あっ、ごめんなさい、なにも考えずにぺらぺらおしゃべりして。どういう性質のお仕事か、教えていただける？」

レミとサムは視線を交わし、相手の表情を読みあった。彼らの直感ははずれるより当たるほうが多い。その直感が、イヴェット・フルニエ-デマレは信用できると告げていた。

サムが言った。「あるワインのボトルに出くわしまして。とてもめずらしいものです。ひょっとしたらアルノーさんに――」

「ナポレオンの〈失われたセラー〉ね？」

「は、はあ。もしかしたら、ですが」

「すごいわ！」イヴェットが声をあげて笑った。「すばらしい。あのセラーを発見する人がいるとしたら、あなたたちふたりであるべきよ！　もちろん、力になれることはなんでもします。あなたたちなら、よこしまなことはしないってわかるから。アルノーに話を戻しましょう。公正を期すために言っておかなくちゃ。彼について問い合わせをしてきたのは、あなたたちが初めてじゃないの。二、三カ月前に、ある男から弁護士に電話があって――」

「名前は聞きましたか？」と、サムがたずねた。

「弁護士は聞いているけど、わたしは覚えていないわ。ロシア人っぽい名前だった気がするけど。とにかく、その男はずいぶんしつこくて、無礼と言ってもいいくらいだったから、わたしは会わないことにしたの。サム、レミ、あなたたちの表情から見て、なにか大きな意味があることなのね。この男が何者か知っているの？」

「かもしれない」と、サムが答えた。「われわれも作法を知らないロシア人にひとり遭遇していまして。その男が程度をわきまえないのは知っていますから、たぶん同一人物でしょう」

「不愉快な目におあいになったりは？」と、レミがたずねた。

「いえ、それはだいじょうぶ。心配もしていないわ。ラングドンと彼の配下の三人が人知れず巡回しているし、警報装置もあって、ここにアンリもいるから、身の危険はまったく感じないわ。そのうえ、わたしは拳銃使いだし」

「あなたもレミと同類なんですね」と、サムが言った。

「ほんとなの、レミ、あなたも射撃の名手なの？」

「わたしは、そこまでは――」

イヴェットは前に身をのりだして、レミのひざをポンとたたいた。「あなたたちがもっと長く滞在できるときに、いっしょに射撃に行きましょう、女だけで。ここからさほど遠くないマントンに、すてきなビーチクラブがあってね。室内射撃場もあるのよ。さてと、ロシアの悪党の話に戻りましょう。彼はエルバ島にあるアルノーの納骨堂にご執心だったわ。あなたたちがわたしに会いにきたのも、それね」

「はい」と、レミが言った。

「そう。あの男にはなにも教えていないわ。あの男、すでにあそこに行ったことがあって、当てがはずれて戻ってきたんじゃないかしら。だから、あんなに態度が悪かったのよ」

「どういう意味ですか？」

イヴェットは前に身をのりだして、共謀を企んでいるかのように声をひそめた。

「二、三年前、エルバ島でちょっとした野蛮行為があったの。十代の子どもたちが暴れまわっただけなんだけど、それを聞いて、わたしは考えたの。アルノーがどういう人物だったか、ナポレオン・マニアたちがどんなに……熱狂的になりかねないかを考えて、わたしたちはアルノーの石棺をほかに移すことにしたの」

「どこに？」サムがたずねた。「島の外にですか？」

「いえ、まさか。まだ島のなかにはあるわ。エルバ島から運び出されるなんて、アルノー自身も承服しなかったでしょうし。だから、わたしたちは納骨堂の空きがある別の墓地を見つけて、そこに彼を移したの。彼は無事よ。あなたたちはわたしから、彼の棺をのぞきこむ許可が欲しいのね？　そのために来たんでしょう？」

サムが微笑んだ。「そう言っていただくと助かります。親族のかたにご先祖さまの遺骸をのぞいてもよろしいですかとお願いするのは、礼にもとることかもしれないと思っていました」

　イヴェットは手を振り払う否定のしぐさをした。「心配ご無用よ。あなたたちは敬意を払ってくれると確信しているから。何を持ち出しても、かならず返してくれるわね？」

「もちろんです」レミが答えた。「でも、そこまでする必要はないかもしれません。アルノーはいくつかの遺品といっしょに埋葬されたと聞きました。どんなものか、ひょっとして、ご存じありませんか？」

「知らないの、ごめんなさい。その答えを知っていたのは、きっと彼の妻のマリーだけだったでしょうね。それと、この点は断言しておきましょう。あの棺は彼の死後いちども開けられたことはありません。ところで、納骨堂の場所はすぐ喜んで教えるけど、ひとつだけ条件があるの」

「なんでしょう？」サムがたずねた。

「ふたりとも夕食まで、ゆっくりしていってくれること」

　レミがにっこり笑った。「喜んで」

「すばらしいわ！　エルバ島の入口はリオ・マリーナにしてね。そこから車で州道二十六号を、山に向かって西へ……」

23

イタリア、エルバ島

サムは甲虫を指に登らせて、手の甲を這わせたあと、別の指で手のひらに押しつけた。未舗装道路のわきにしゃがみこんだ姿勢から立ち上がり、レミのほうを向くと、彼女ははるか眼下の海を写真に収めていた。

「歴史は面白い」と、彼は言った。

「どこが？」

「この甲虫さ。ぼくらの知るかぎり、こいつはかのナポレオンがインクを作るのに使った甲虫の子孫かもしれない」

「何か吐きかけられたの？」

「ぼくの知るかぎりでは、まだだ」

「あのインクは毒吐き甲虫から作られたって、セルマは言ってたわ」

「そういうことじゃない。いつからそんな夢のない人間になったんだ？」

レミがカメラを下ろして彼を見た。

「すまん」彼はそう言って微笑んだ。「相手が誰か、忘れてた」

「言いたいことはわかっているわ」彼女はそう言って腕時計を見た。「そろそろ走りだしたほうがいいんじゃない。もう三時よ。日差しで肌がヒリヒリしてきたし」

昨夜のイヴェット・フルニエ‐デマレとの晩餐は夜遅くまで続き、ワインが三本空くころにはイヴェットはホテルの予約をキャンセルして泊まっていくようにとの説得に成功していた。今朝は起きると、イヴェットといっしょにヴェランダでコーヒーとクロワッサンと新鮮なパイナップル、そして西洋ニラネギと新鮮なコショウとミントを添えたフレンチ・スクランブルエッグの朝食をとり、それからふたりは空港に向かった。

サムにもレミにも推し量ることのできない理由があるのだろうが、エルバ島と毎日行き来している航空会社はインタースカイ一社しかなく、フリードリヒスハーフエンとミュンヘンとチューリヒの三都市からしか飛んでいない。あとふたつの航空会社、スカイワークとエルバフライはもっとたくさんの都市と結んでいるが、週三日しか飛んでいない。彼らはニースからエールフランスでフィレンツェへ飛び、そこから鉄道でピオンビーノへ、そして最後にフェリーで海を一五キロ横断して、エルバ島東岸のリオ・マリーナに到着した。

彼らのレンタルした一九九一年製ランチア・デルタはポルシェ・カイエンに比べると見劣りがしたが、空調はちゃんと効くし、エンジンも小さいながら快調だった。イヴェットから教授されたとおり、リオ・マリーナから内陸に向かい、トグリアッティ、シヴェエラ、サンロレンツォと、古風な趣のあるトスカーナ地方の村を次々と通り過ぎ、起伏に富んだ緑したたる丘陵とブドウ畑のなかをくねくねと進んで、山をどんどん高みへ向かい、最後に島の東側を見晴らすこの突端部に車を止めた。

長い歴史を経るうちに、このエルバ島もエトルリア人からローマ人、サラセン人までさまざまな民族に侵略と占領を受け、十一世紀にはピサ共和国の保護下に入った。そこからは、ミラノのヴィスコンティ家を皮切りに、イタリア王国に併合される一八六〇年まで、売却や併合を通じて五、六回所有者が入れ替わっている。

レミがさらに何枚かスナップ写真を撮ると、彼らは車に戻ってまた走りはじめた。

「ところで、ナポレオンは島のどこで流刑生活を送ったんだ?」と、サムがたずねた。

　レミは付箋を貼ったフロマーのガイドブックをめくっていった。「北岸のポルトフェッライオね。じつは彼には、サンマルチーノ邸とムリーニ宮殿というふたつの住まいがあったの。六百人から千人のスタッフをかかえ、エルバ皇帝の称号を得ているわ」

「得たのは称号か、それとも屈辱か?」サムが言った。「ヨーロッパのかなりの領土を手に入れた身に、〝エルバ皇帝〟はかなりの凋落だったんじゃないか」

「たしかにそうね。もうひとつ、面白い事実があるわ。エルバ島に出発する前に、ナポレオンは服毒自殺を図っているの」

「まさか」

「毒を入れた瓶を首にかけていたらしいわ――アヘンとベラドンナとバイケイソウを混ぜ合わせたものを。ロシア遠征に出発する前に調合させたものだとか」

「たぶん、コサックの手に落ちたくなかったんだな」

「まあ、無理もないわね。ロシア人はいまでもナポレオンのことが大嫌い。とにかく、彼はそれを飲んだんだけど、調合から二年くらいたっていて効き目が薄れていた。床の上でひと晩、痛みにのたうちまわったけど、命はとりとめたの」

「レミ、きみは知識の泉だ」

彼女は相手にせず、さらに読み上げた。「歴史家の意見がまとまりそうにないことがひとつある。それは彼が島を脱出した方法だ。フランスとプロイセン両方の見張りが島じゅうに配置され、沖にはイギリスの軍艦が一隻、たえず巡視をしていたのだから」

「油断のならないガキってやつだ」

「後ろに車がいる」二、三分して、サムが言った。レミが振り向いて、後ろの窓から外を見た。山間道路の一キロくらい後ろで、クリーム色のプジョーがカーブを回ろうとしていた。丘の中腹に隠れてつかのま見えなくなったが、そのあとまた姿を現わした。

「急いでいるみたい」

バハマを発って以来、サムもレミも尾行の気配にはきわめて用心深くなっていたが、ここまでその兆候はまったくなかった。エルバ島くらい小さな島には問題があること。島の出入口が限られていること、ボンダルクの富が物を言うかもしれないことだ。

サムはハンドルを握る手に力をこめ、バックミラーと前方の道に目を行き来させた。

二分くらいして後ろにプジョーが見え、リアバンパーのすぐ後ろへ距離を詰めてきた。太陽の光がまぶしく、乗っている者は輪郭しかわからないが、サムにはふたりいるのがわかった。どちらも男だ。

サムは窓から腕を突き出して、追い越していくよう合図をした。

プジョーは動かず、後ろにぴったり張りついていたが、そのあといきなり車線を変更してスピードを上げはじめた。サムは足を緊張させ、いつでもブレーキを踏めるよう準備した。レミは助手席の窓からちらっと外を見た。未舗装のちっぽけな路肩があり、その向こうは急斜面になっている。一五〇メートルほど下の牧草地で山羊たちが草を食んでいるのが見えた。まるで蟻のようだ。助手席側のタイヤが何センチか右にそれた。車の側面が砂利を浴びる。サムはすこし左に方向を変えて舗装路に戻った。「シートベルトはしているか？」彼は歯を食いしばったままたずねた。

「ええ」

「やつらは？」

「並んでくる」

プジョーがサムの側の横へ来た。助手席のカイゼル髭を生やした浅黒い肌の男が彼を凝視した。男はいちど素っ気なくうなずき、プジョーはエンジンの回転数を上げてびゅんと前に出ると、次のカーブを回って見えなくなった。

「友好的な人たちよ」とレミが言い、大きな吐息をついた。

サムはハンドルを握った手をゆるめ、指を曲げては伸ばして血の巡りを回復した。

「あとどれくらいだ?」

レミは地図を広げて指でたどった。「一〇キロくらい」

夕方近くに目的地に着いた。カパネッロ山の斜面、アレッポ松と杜松(ネズ)の森に囲まれた人口九百のリオ・ネッレルバ村は、十一世紀に建てられたヴォルテッライオ城塞の影のなかにある。玉石を敷いた細い路地、影におおわれた広場、ランの花があふれラヴェンダーがたわわに垂れ下がった石のバルコニー。サムとレミの目には、典型的な中世トスカーナ地方の村に映った。

レミが言った。「ここリオ・ネッレルバはトスカーナの鉱業の中心地だって。いまでもエトルリア時代の鉱山が見つかるそうよ」

ふたりは〈エルミタージュ・オブ・サンタカテリーナ〉の向かいに駐車のできる場所を見つけ、車を降りた。彼らの情報源であるイヴェットによれば、ウンベルト・チプリアニという男がムセオ・デイ・ミネラリ、つまり採鉱博物館の学芸員補をつとめている。レミが地図で方角を確かめて、ふたりで歩きはじめると、十分ほどで博物館は見つかった。そこの広場を横切りながら、サムが言った。「ここできみの写真を撮らせてくれ。噴水の前に立って」

レミが言われたとおりに笑顔で何枚か写真に収まり、またサムに合流すると、彼はカメラの液晶画面に画像を呼び出した。「撮りなおしたほうがいいわ、サム。わたし、ちょっとピンボケ」

「わかってる。ピントが合っているところを見ろ。笑顔で、うれしそうに」

レミは画像に目を凝らした。彼女のぼやけた姿の一五メートルくらい後ろに陰になった路地があり、その入口からクリーム色の車のボンネットが突き出ていた。運転席の男が双眼鏡で彼らを見つめていた。

24

レミはお気楽な観光客をよそおって微笑み、サムに顔を押しつけていっしょに液晶画面を見た。「後ろに張りついてきた、例の友好的な車だわ」彼女は笑顔のままささやいた。「これって、たまたま？」

「そう思いたいところだが、あの双眼鏡は気になる。都会から来たバードウォッチャーなら、話は別だが――」

「あるいは、元カノのあとを尾けまわしているのか――」

「最悪の状況を想定すべきだろうな」

「もうひとりのほう、見える？　口髭を生やしているほう？」

「いや。さあ、なかに入ろう。さりげなくふるまえ。振り向くな」

ふたりは博物館に入って受付で足を止め、チプリアニに会いたいと告げた。受付係が電話の受話器を持ち上げ、イタリア語で二言三言話すと、しばらくして薄毛で白髪の太った男が右の戸口に現われた。

「こんにちは(ボンジョルノ)」男は言った。「わたしにご用ですか?(ポッソ・アイウタルラ)」

「きみの出番だ、レミ」と、サムが言った。ふたりとも数カ国語を話せるが、サムはなぜかイタリア語がうまくならない。レミはドイツ語が苦手だが、サムは得意だ。

「ボンジョルノ」レミは言った。「シニョール・チプリアニ?」

「はい(シー)」

「英語は話せますか?(パルラ・イングレセ)」

チプリアニは破顔一笑した。「ええ、話せますよ。しかし、あなたのイタリア語はとてもお上手だ。わたしにご用ですか?」

「わたしの名前はレミ・ファーゴ。こっちが夫のサムです」それぞれチプリアニと握手を交わした。

「お待ちしていました」と、チプリアニは言った。

「われわれだけで話のできる場所はないでしょうか?」

「ありますとも。こちらに、わたしのオフィスが」

チプリアニはふたりを引き連れて短い廊下を進み、窓から広場を見渡すオフィスに入った。三人そろって腰を落ち着け、サムがポケットからイヴェットの手紙をとりだして手渡すと、チプリアニは注意深く目を通してから手紙を返してよこした。

「失礼ですが……身分を確認できるものをお見せ願えますか?」

サムとレミはふたりのパスポートを渡し、確認を受けてまた受け取った。チプリアニがたずねた。「イヴェットはお元気ですか? そう願っておりますが」

「元気です」サムが答えた。「よろしくお伝え願いたいとのことでした」

「彼女の猫、モイラも元気ですか?」

「犬のことですね。名前はアンリ」

チプリアニは両手を広げて恥ずかしそうに微笑んだ。「わたしは用心深い人間でして。ひょっとしたら、度が過ぎるくらい。イヴェットからあの問題を任されています。その信任に応えられるよう確実を期したい」

「わかります」レミが言った。「彼女とは、もうどれくらい?」

「ああ、もう二十年以上になりますか。彼女はこっちに別荘を持っていましてね。城塞の外側です。その土地にからんだ法律上の問題がありまして。わたしはその解決に力になることができました」

「あなたは弁護士ですか？」と、サムが訊いた。

「いえ、とんでもない。しかるべき人を知っている人の知りあいにすぎません」

「なるほど。わたしたちにも力を貸していただけますか？」

「もちろんです。納骨堂を調べるだけでよろしいのですか？　どこかに持ち出すおつもりは？」

「ありません」

「であれば、とても簡単です。しかし、念のため、暗くなるまで待ったほうがいい。わたしたちエルバ人はとても好奇心が強いので。宿泊先はお決まりですか？」

「いえ、まだ」

「でしたら、わたしども、わたしと妻の家にお泊まりください」

サムが言った。「ご迷惑は――」

「ご遠慮なく。歓迎いたします。夕食がすんだら墓地にお連れしましょう」

「ありがとうございます」

「しばらく、こちらのオフィスを使わせていただいてかまいませんか？」

「いいですとも。必要なだけお使いください」

チプリアニは部屋を出て、ドアを閉めた。サムは衛星電話をとりだしてセルマの番号を打ちこみ、接続音を聞きながら二十秒ほど待った。セルマの声がした。「ミスター・ファーゴ。ご無事ですか？」

「これまでのところは。そっちは？」

「異常ありません」

「ナンバープレートを調べてもらう必要がある。厄介なことになるかもしれない。いま、エルバ島にいる。困ったことがあったら、ルービン・ヘイウッドに電話しろ」彼はそう言って、チプリアニのオフィスの電話番号を伝えた。

「わかりました、あたってみます。できるかぎり早くお返事します」


セルマから二十分後に電話が返ってきた。「すこし手間どりましたが、イタリア運輸局のデータベースは、わたしの言う〝ハッカー対策ずみ〟とはすこしちがうことがわかりました」

「それはよかった」と、サム。

「このナンバープレートは、クリーム色のプジョーのものですね？」

「そのとおりだ」

「でしたら、悪いお知らせです。持ち主はポリツィア・プロヴィンシアレの、つまり州警察の警官です。これから詳細をお送りします」

三分待って、ようやく電子メールが届いた。サムは内容に目を通してセルマに礼を言い、電話を切った。それからレミに情報を伝えた。「知らずにスピードを出しすぎていたか、ぼくらに関心のある人間がいるかだ」と、彼は言った。

「捜査当局なら、リオ・マリーナのフェリー乗り場で足止めを食っていそうなものだわ」と、彼女は答えた。

「同感だ」

「とにかく、警戒が必要なのはわかったわ」

「そして、追跡者の片割れがどんな顔か、こっちは知っている」

チプリアニの勧めにしたがって、彼らは一時間ほどリオ・ネッレルバを散策したが、慎重を期して村から外には出ず、人だかりにも近づかないようにした。プジョーの気配はなく、乗っていた男たちがいる気配も見えなかった。

ふたりで腕を組んでそぞろ歩くうちに、サムが言った。「イヴェットの話をずっと考えていたんだ。コルコフはすでにここに来てローランの納骨堂を探していたのではないか、と彼女は言っていた。いずれぼくらがここに来ることを、ボンダルクは知っていた。つまり、必然的な一歩だったわけだ」

「手を出さず、こっちに重労働をさせようってわけね」と、レミが応じた。

「賢明な考えだ」サムが言った。

ふたりが五時半に博物館に戻ると、チプリアニは入口を施錠していた。彼の招きに応じて、ふたりは彼の自宅に向かった。

チプリアニのコテージは一キロくらい離れたオリーブ畑の裏手にあった。シニョーラ・チプリアニは夫と同じ太った体と、きらきら輝く茶色の目の持ち主で、ふたりが近づいていくと笑顔と両頬へのキスで迎えてくれた。彼女とウンベルトは速射砲のようなイタリア語で話を交わし、ウンベルトがふたりを玄関の、ひとかたまりの椅子があるところへ案内した。庇から白いクレマチスがたわわに垂れ、居心地のいい小さな空間をつくり出していた。

「すこしお待ちください」ウンベルトが言った。「テレサがちょっと台所へ来てほしいとかで」

サムとレミが待っていると、二、三分後にウンベルトと妻がトレイとグラスを持ってふたたび現われた。「リモンチェッロをお楽しみいただけたらうれしい」

「いただきます」と、サムが言った。

リモンチェッロは基本的に、軽く砂糖を加えたレモネードにかなりの量のウォッカを加えた飲み物だ。「チェント・アンニ・ディ・サルーテ・エ・フェリチタ」とウンベルトが言って、杯を掲げた。全員がひと口飲んでから、彼はたずねた。「いまの乾杯の文句の意味がおわかりですか？　チェント・アンニ・ディ・サルーテ・エ・フェリチタの？」

レミはすこし考えてから言った。「百年の健康と幸せに、かしら？」

「ブラヴォー！　大いにお飲りください。すぐに食事をお持ちします」

夕食がすむと、彼らは玄関に戻って黄昏のなかに腰をおろし、木々にきらめく蛍の光をながめながらエスプレッソを飲んだ。家のなかではカチャカチャと、テレサが食器を洗う音がしていた。サムとレミは手伝いますと申し出たが、彼女は頑として拒み、エプロンをはためかせて彼らを外へ追いたてた。

「ウンベルト、ここにはいつから住んでいるんです？」と、サムがたずねた。

「生まれてからずっとです。わたしの一族は、ええと……三百年くらいになりますか、うん、そのくらいだ。ムッソリーニが政権を握ったとき、父と叔父たちは党員になって、このあたりの丘陵で何年か暮らした。一九四四年、イギリスがついにこの地に上陸したとき――」

「暗号名ブラサード作戦だ」とサムが言った。

「ええ、そのとおり。よくご存じですね。イギリスが来たとき、父は王立海軍特殊部隊とともに戦いました。それで勲章までもらっています。戦争が終わったとき、わたしはまだ母のお腹のなかでした」

「お父様は、無事に戦争を?」レミがたずねた。

「ええ、しかし叔父たちはひとりも生き延びられなかった。ヒトラーがパルチザンを叩きつぶすために送りこんだナチの特殊部隊に捕まって、処刑されたのです」

「ごめんなさい」

チプリアニは両手を広げて肩をすくめた。しかたのないことです、とばかりに。

サムがポケットから携帯電話をとりだし、レミを一瞥(いちべつ)すると、彼女はうなずいた。すでに相談はすんでいた。「ウンベルト、この名前をご存じですか?」

ウンベルトは電話を受け取り、つかのま画面を見つめて、サムの手に戻した。

「ええ、もちろん。カルミネ・ビアンコです。どこでこの名前を?」

「きょう、われわれを尾行している車がいました。この男の名前で登録されている車でした」

「困ったことだ。ビアンコは警察官だが性根の腐った男です。ウニオネ・コルセというコルシカ・マフィアの手に握られている。なぜ彼らが関心を持つんでしょう？」

「関心を持っているのは、彼らじゃないと思います」レミが言った。「別の人間に手を貸しているんでしょう」

「ははあ。だとしても状況は変わらない。ビアンコはけだものだ。車のなかにいたのはこの男だけですか？」

サムは首を横に振った。「もうひとり。浅黒い肌で、カイゼル髭を生やしたのがいました」

「そっちは見当がつきません」

「どうして警察はこのビアンコという男をなんとかしないの？」と、レミがたずねた。「悪いことをしているんでしょう。逮捕できないんですか？」

「本土ならともかく、ここではそうもいかないのです。サルディニアとコルシカの事情はそれほど単純ではない。答えはわかっているような気がしますが、おたずねしておかなければ。なんとか、お帰りいただくわけにはいかないでしょうか？　今夜、ビアンコが何かしでかさないうちに？」

サムとレミは顔を見合わせ、直感的におたがいの考えを知った。ふたりを代表してサムが言った。「お気持ちはありがたいが、途中で投げ出すわけにはいきません」

ウンベルトは憂鬱そうにうなずいた。「だと思った」

レミが言った。「あなたとテレサを危険にさらすわけにはいきません。行きかただけ教えてくだされば――」

ウンベルトはすでに立ち上がりかけていた。「ばかを言ってはいけない。ここでお待ちください」彼はなかに入り、一分後に靴箱を持って戻ってきた。「これが必要になります」と彼は言い、箱を手渡した。

なかには、まっさらの弾倉ふたつといっしょに、第二次世界大戦時代のルガー九ミリ拳銃が収まっていた。

「叔父たちを処刑したゲシュタポの将校から父が解放してやったものです。父の話によれば、その男にはもうこの銃は必要なかったそうで」

ウンベルトはぞっとするような笑みを浮かべ、ふたりに片目をつぶって見せた。

「これは受け取れません」とサムが言った。

「ご遠慮なく。ここでの仕事がおすみになったら、返していただいてもいいし。それに、わたしにはもう一挺あるんです。父は飛び抜けて優秀な解放者だったようで。さあ、そろそろ出かけましょう」

25

ウンベルトによれば、イヴェットがローランの遺骸を移した墓地には名前はないが、何百年も昔からあるとのことだった。エルバ島がまだフランス領だった時代までさかのぼるという。地図にも載っていない。

彼らはランチアを駆って、村のはずれまで幹線道路を走り、北へ方向転換して、山のさらに高みへ向かった。日が沈んで、山は完全に影のなかに入っていた。十分くらいして、後部座席のウンベルトから「止めてください」と声がかかった。

「なにか、まずいことでも?」サムがたずねた。

「いいから、止めてください」

サムは言われたとおりにし、ヘッドライトを消してゆっくり車を停止させた。サムとレミが振り向くと、ウンベルトは額をこすっていた。「ひどいことをしてしまった」と、彼はつぶやいた。

「え？」

「わたしはあなたたちを罠に導こうとしている」

「どういう意味？」レミがたずねた。

「きょうの午後、わたしたちがまだ町にいるあいだに、ビアンコがわが家にやってきました。テレサから電話が来まして。協力しないとわたしたちを殺すと脅されました」

「どうして打ち明ける気に？」

「銃です。父は家族や友人たちを脅した男からあの銃を奪い取った。きっと、いまのわたしと同じように父も怖かったでしょう。しかし、父はやり返した。わたしも同じことをしなくては。本当にすまない」

サムとレミはしばらく沈黙し、そのあとレミが言った。「正直に話してくれた。それで充分よ。彼らは待ち伏せしているの？」

「いえ、しかし、やってきます」彼は腕時計を見た。「三十分、それが限度です。あなたたちが納骨堂に入って、目当てのものを回収したら、それを奪っておふたりを始末するという寸法だと想像します。ひょっとしたら、わたしもいっしょに」

「向こうは何人だ?」と、サムがたずねた。

「わかりません」ウンベルトはポケットから自分のルガー用の予備のマガジンを抜き出し、座席越しにサムに渡した。「あなたのマガジンの弾はダミーです」

「ありがとう。しかし、そもそもなぜ銃をよこしたんだ?」

「あなたの信頼を勝ち得たかった。許してください」

「それは、一時間くらいしてからだな。もし裏切ったら――」

「撃ってもらってけっこうです」

「そうするぞ」とサムは言い、相手の目を見すえた。

レミが言った。「テレサは? 彼女は――」

「もういません」ウンベルトが答えた。「ニスポルトにわたしのいとこたちがいる。彼らが守ってくれます」

「だったら、衛星電話があるわ。警察に通報して。ウンベルト?」

ウンベルトは首を横に振った。「警察は間に合いません」

「回れ右をして引き返すこともできるし、このまま計画を続行し、やつらが着く前に入って出てこられるよう全力を尽くすこともできる」

「ここに出入りする道路は二本しかありません」ウンベルトが言った。「ビアンコはどちらも見張らせています。まちがいない」

レミがサムを見た。「なぜ黙っているの」

「考えているんだ」彼のなかのエンジニアが鮮やかな解決法を探していたが、そんな場合ではないとすぐ気がついた。ボイラー廃棄場でアルキポフと最初に対決したときと同様、しゃれた計画を立てている時間も、そのための資源もない。

「運は勇者に微笑む」最後に彼は言った。

「嘘でしょ……」

「恐れずに行動する者が勝利をつかむ」と、サムが言い足した。

「どういう意味かは知ってるわ」レミが言った。

「なんです？」ウンベルトがたずねた。「どうしました？」

「計画続行だ」

サムは車のエンジンをかけ、ギアを入れて走りだした。

墓地は雑草だらけの牧草地にあった。松とコルクの木におおわれた小さな丘が三方を囲んでいる。広さは四〇アールていどだが、腰の高さくらいの錬鉄の柵に囲われていた。この柵が錆と蔓におおわれたのは、かなり昔のことのようだ。夜だけに、牧草地には霧が低くたちこめ、墓石と納骨堂のまわりに渦を巻いていた。空は澄みきって、明るい満月が昇っている。

「はっきり言って、気味が悪いわ」サムが門の前に車を止めると、レミがフロントグラスの向こうを凝視して言った。サムがエンジンを切って、ヘッドライトを消す。木々のどこかでフクロウが二度、ホーと鳴いて、そのあと静かになった。「あと、足りないのは、狼の遠吠えくらいね」と、レミがささやいた。

「エルバ島に狼はいません」ウンベルトが答えた。「野犬はいます。蛇も。蛇はやたらといる」

墓地の配置はでたらめで、間隔にも対称性にも無頓着だった。雑草のなかから奇妙な角度で墓石が突き出している。隣との間隔が三〇センチしかないものもあった。納骨堂は形も大きさもさまざまだ。破損の度合いもさまざまで、ぼろぼろに砕けているものもあれば、木の葉にびっしりおおわれているものも、完全に崩壊しているものもある。対照的に、ペンキを塗ったばかりのいくつかは、手入れの行き届いた芝生と花のなかにあった。

「市政が立ち入るのはいやなのか？」と、サムがたずねた。

「ものすごい昔からあるものなので、行政も立ち入る気になれないんです」ウンベルトが答えた。「正直、最後にここに埋葬されたのは誰だったか、思い出せないほどで」

「墓はいくつくらい？」

「何百かあると思います。深いのもあれば、浅いのもある。死者が積み上げられているものも」

レミがたずねた。「ローランの納骨堂は？」

ウンベルトが前に体をかがめ、フロントグラスの向こうを指差した。「あれです。奥の隅の、丸い屋根がついているものです」

サムは腕時計を見た。「ランチアがどれくらい虐待に耐えられるか、試すときが来た」

彼はエンジンをかけ、砂利道にYの字を描いて方向転換し、ハンドルを切って牧草地に入った。背の高い草が車体の底をこする。柵にそって墓地の奥のほうへ進み、ローランの納骨堂の前にゆっくり停止した。ふたたびエンジンを切る。

「あれはどこに続いているんだ？」サムがレミのわきから助手席の窓の外を指差した。一キロくらい離れたところに、両輪のタイヤの跡が丘の向こうの木々のなかへ消えていた。

「わかりません。古い採鉱用の道でして。使われなくなって七、八十年たちます――もう戦前から」

レミがつぶやいた。「使われなくなった道」

「長きにわたって」と、サムが受けた。

彼がドアを開けて車を降りると、レミとウンベルトも続いた。サムはレミに言った。「きみはここで待っていてくれないか？　運転席に移って、目を皿にしていてほしい。すぐ戻る」

サムとウンベルトは柵まで歩き、そこを飛び越えた。

近辺にあるほかのものと比べると、ローランの納骨堂は小ぶりだった。ウォークインクローゼットよりすこし大きいくらいで、高さも一メートル二〇センチていどだが、正面側に回りこむと、地面の下に続きがあるのがわかった。苔におおわれた階段の三段下に、荒ごしらえの木の扉があった。サムがポケットから発光ダイオードのマイクロライトをとりだして照らし、そのあいだにウンベルトが鍵を使った。霧とフクロウの声と満月にふさわしく、ウンベルトがドアを押し開くと蝶番がぎっとうめき声をあげた。彼はサムをちらっと振り返り、不安げな微笑を浮かべた。

「しっかり見張っていろ」と、サムが命じた。

彼が段を下りて扉を通ると、一面の蜘蛛の巣が待っていた。懐中電灯の青白い光に照らされた蜘蛛たちがあわてて巣をあちこちへ移動し、姿を消した。サムは手刀でゆっくり巣のまんなかを両断した。干からびた蝶や蛾が石の床に落ちて、パサパサと音をたてた。なかに足を踏み入れる。

奥行き一・五メートル、幅二・五メートルくらいの空間があり、埃とネズミの糞のにおいがした。右のほうからちっぽけな鉤爪が石を引っかくようなかすかな音がして、そのあと静かになった。中央に石の棺があった。なんのしるしも飾りもない。高さ一メートルくらいの赤煉瓦の台に載っている。棺を回りこんで奥の壁に向かい、懐中電灯をくわえて、ためらいがちにふたを押した。思ったより軽い。ギーッとうつろな音をたてて、五センチほどずれた。

さらに何センチかふたを押し、突き出た端をつかんで、回りこみ、ふたを棺の横に立てかけた。ライトでなかを照らす。

「やっとお会いできました、ムッシュ・ローラン」と、サムはささやいた。

アルノー・ローランは骸骨と化していた。軍服を着ている。ナポレオン時代の将軍の礼装だろう。儀式用の剣もたずさえていた。黒い軍靴をはいた足と足のあいだに、大判のハードカバー本くらいの木箱があった。サムはそれを注意深く持ち上げ、一面に積もった埃を払うと、ひざを突いて床の上に置いた。

箱のなかにはいろいろなものがあった。象牙の櫛（くし）。つぶれたマスケット銃の弾には茶色いフレーク状の点がまだらについていて、血の跡ではないかとサムは推測した。小さな絹の袋に勲章がいくつか入っていた。女性の肖像画を収めた楕円形の金のロケットもあった。ローランの妻のマリーだろう。そして最後に、手のひら大の茶色い革綴じの本があった。

サムが息を殺して、本のなかほどをそっと開くと、懐中電灯の細い光のなかに一列の形状が浮かび上がった。

「やった」と、彼はささやいた。

ほかの品を箱に戻し、箱をローランの足のあいだに戻して、ふたを閉めようとしたとき、懐中電灯の光を受けて金属のものらしききらめきが見えた。ローランのブーツと石棺の壁のあいだに、何かが詰めこまれていた。親指くらいの大きさの、鋼鉄の鑿のようなものだ。それをとりだす。いっぽうの端は釘の頭のように平たい。もういっぽうはへこんでいて、縁がナイフのように鋭い。懐中電灯でそのへこみを照らす。セミの輪郭だ。

「ありがとう、将軍」サムはささやいた。「二世紀前に会いたかったよ」

彼は刻印をポケットに入れ、ふたを閉めて外に出た。

ウンベルトの姿が見えない。

サムは地上に戻って周囲を見まわした。「ウンベルト？」彼はささやいた。「ウンベルト、どこに――」

墓地の門の前からヘッドライトが点灯し、まぶしい光のなかにサムをとらえた。彼は目の前に手をかざし、目を細めた。

「動くな、ミスター・ファーゴ」ロシア訛りの声が墓地に響きわたった。「ライフルがおまえの頭を狙っている。手を上げて、こっちへ出てこい」

サムは言われたとおりにし、そのあと口の端からささやいた。「レミ、行け、ここから逃げろ」

「それはまずいな、サム」

サムは肩越しにゆっくり振り向いた。

ランチアの運転手側のドアのかたわらに立って、レミのこめかみにリヴォルヴァーを押しつけている男がいた。カルミネ・ビアンコだった。

26

ビアンコはレミの頭にぴたりと銃口を押し当てたままサムを見つめ、したり顔でバラクーダのように歯をむいた。ヘッドライトが消えた。サムが門のほうを振り向くと、ふたつの人影が彼に向かって歩いてきた。その後ろにＳＵＶの黒い輪郭があった。

「レミ、だいじょうぶか？」サムが肩越しに呼びかけた。

「黙れ！」とビアンコが怒鳴った。

サムはかまわず言った。「レミ？」

「だいじょうぶよ」

コルコフがひざまである雑草をかき分け、三メートルくらい離れたところで足を止めた。その右で口髭を生やした男がスコープのついた猟銃を肩に当て、銃口がまっすぐサムの胸を狙っていた。

「武器を持っているな?」コルコフが言った。

「そうしたほうが賢明と思ってな」と、サムが返した。

「用心深いことだ、ミスター・ファーゴ、それをもらおう」

サムはポケットからルガーを抜いて、彼らのあいだの地面に投げた。

コルコフが周囲を見まわした。「チプリアニはどこだ?」

「手足を縛って、猿ぐつわをかませて、小屋のなかだ」サムは嘘をついた。「ちょっと誘導尋問したら、おまえとの協力関係を吐いたんでな」

「気の毒に。いずれにしても、相手はおれたちだ。本をよこせ」

「その前に、ビアンコに手を引かせろ」

「おまえに選択の余地はない。本をよこさなければ、三つ数えたあと、ビアンコに撃てと命令する。そのあと、ここにいる仲間がおまえを撃って、本をいただく」

三メートルほど後ろ、コルコフの左で、別の納骨堂に生えている雑草のなかから暗い人影が立ち上がり、そっと前へ進みはじめた。

サムはコルコフから目を離さなかった。「本を渡したあと、われわれを撃たないという保証がどこにある?」

「どこにもない」コルコフが言った。「いまも言ったが、おまえに選択の余地はない」

ロシア人の後ろ、もうすこしで手の届きそうなところで人影が止まった。

サムは微笑んで、肩をすくめた。「異議を唱えざるをえないな」

「いったい、どういう意味だ?」

「きっと、わたしのことだな」と、ウンベルトが言った。

コルコフはハッとしたが、身動きひとつしなかった。しかし口髭の男はウンベルトのほうへくるりと体を向け、ウンベルトが怒鳴った。「そいつがすこしでも動いたら、喜んでおまえを撃つぞ、コルコフ」

「動くな!」と、コルコフが命じた。

口髭の男がぴたりと動きを止めた。

ウンベルトが言った。「姿を消してすまなかった、サム。車が来るのが見えて、判断の時間がなかったもので」

「許す」と、サムは答えた。それからコルコフに言った。「ビアンコに、レミに銃を渡してこっちに合流するよう言え」

コルコフはためらった。あごの筋肉が脈を打っている。「二度は言わない」と、サムは言った。

「ビアンコ、女に銃を渡して、柵を乗り越えてこい」

ビアンコがなにごとか叫んだ。サムには簡単なあいさつくらいしかイタリア語はわからないが、糞便がらみか猥褻なたぐいの表現、もしくはその両方だったにちがいない。

「ビアンコ、早くしろ！」

サムは振り返らず、肩越しに呼びかけた。「レミ……？」

「銃はいただいたわ。男は柵を乗り越えるところよ」

「コルコフ、口髭の仲間に言え。ライフルの銃身をつかんで、柵の向こうの木に投げこめと」

コルコフが命令を出し、男はしたがった。ビアンコがサムの左からやってきて、回りこみ、コルコフと口髭に合流した。

「さて、おまえだ」サムがコルコフに言った。

「武器は所持していない」

「見せてみろ」

コルコフは上着を脱ぎ、裏返しにして振って見せて、地面に投げた。

「シャツ」

コルコフはベルトからシャツのすそを引き出し、ゆっくりその場で一回転した。

サムがウンベルトにあごをしゃくると、ウンベルトはコルコフのまわりを回り、戻ってくるときにルガーを回収してサムに渡した。

「ストロンゾ！」と、ビアンコが怒鳴った。

「なんだって？」サムがたずねた。

「わたしが結婚していない両親から生まれた人間と考えているようです」

「殺してやる」ビアンコがぺっと唾を吐いた。「おまえの女房も！」

「黙れ。そいつも誰かわかったぞ、口髭のやつも」

「何者だ？」

「つまらん男です。ちんけな泥棒、ちんぴらですよ」ウンベルトが男に呼びかけた。

「おまえが誰かわかったからな！　こんど会ったら、鼻をそぎ落としてやる！」

サムが言った。「コルコフ、いまからどうすればいいか教えてやろう。おまえたちは地面に寝て、おれたちは立ち去る。おまえたちが追ってきたら、本を焼く」

「嘘を言え。そんなことをするわけがない」

「分の悪い賭けだな。おれたちの命を守るためなら、ためらいはしない」

もちろん嘘だったし、コルコフがわかっているのも承知のうえだが、ほんのすこしでも疑いの種を植えておきたかった。逃走の余地を稼ぎ出すていどでかまわない。ほかの選択肢も考えはした――彼らを縛り、車を走れなくして、警察に通報する手もあったが、本能はこぞって命じていた。コルコフから可能なかぎり離れろと。それも、可及的速やかに。サムがちがう世界の人間だったら、別の選択肢もあっただろう。この場で彼らを始末するという選択も。だが、彼はそういう人間ではない。良心がある。冷酷な殺人は望むところでない。

コルコフはおおかたのシェフが知っているレシピの数よりたくさん、人の殺しかたを知っている、鍛（きた）え抜かれた兵士だ。サムとレミとウンベルトがこの男たちのまわりでぐずぐずしていたら、一分ごとに形勢逆転の可能性が高くなる。

「おまえたちはこの島から出られない」コルコフは地面に寝たまま、うなるように言った。

「そうかもしれないが、最大限努力してみるさ」

「たとえ出られても、また見つけだす」

「そのときはそのときだ」

ウンベルトが言った。「サム、できたらひとつお願いがある。ビアンコを連れていきたい。面倒は起こさないと保証する」

「なぜだ？」

「その心配はわたしに任せてくれ」

サムはすこし考えてからうなずいた。

「行くぞ！」ウンベルトがビアンコに命じた。「両手を上げろ！」

ウンベルトに銃を突きつけられ、ビアンコは柵に向かって歩きはじめた。柵を乗り越え、車のそばに立つと、ウンベルトはビアンコのベルトから手錠を引き抜き、両手首にかけて後部座席に押しこみ、続いて自分も乗りこんだ。レミは車のエンジンをかけて、サムのためにドアを開け、助手席にすべりこんだ。

サムは車に乗りこむと、ギアを入れてUターンし、幹線道路に向かって柵を回りこんだ。

「どのくらい待つと思う？」と、レミがたずねた。

サムは横の窓からちらっと外を見た。コルコフと口髭はすでに立ち上がり、墓地を駆け戻ろうとしていた。

「五秒くらいかな」彼はそう言ってアクセルを踏んだ。

27

サムは正門に向かって柵のそばを疾走した。コルコフと口髭が墓石をよけながら同じ方向へ疾走し、そのあとに霧が渦を巻いているのが目の端に見えた。

「ぎりぎりだな」と、サムがつぶやいた。

「どこへ行くの?」レミがたずねた。「ウンベルトの話を聞いたでしょ。ビアンコは道に見張りを立てているのよ」

「今夜、きみの照準は冴えてるか?」

「え?　ああ」彼女はとつぜん思い出したかのように、ビアンコの銃を持ち上げた。

「上々よ、どうして――」

「やつらのＳＵＶのそばを急いで通過する。タイヤをとらえられるか試してくれ。

ウンベルト、本当にそいつを任せていいな?」

ビアンコは後部座席の隅に寄りかかって、例のきどったにやにや笑いを浮かべていた。ウンベルトは手のなかでルガーをひっくり返し、ビアンコのこめかみにたたきつけた。ビアンコの体から力が抜け、ずるりと床に落ちた。「かように!」

柵の角がぐんぐん迫ってきた。その一〇メートル向こうの右側にSUVが止まっている。コルコフが〝口髭〟の前に出た。門まであと何秒か。

「用意しろ!」サムが準備をうながした。

レミは自分の側の窓を下ろし、すきまから拳銃を突き出して、ドアで腕を支えた。

「しかたない。いいから、ベストを尽くせ。タイヤがだめなら、フロントグラスを狙え」

「スピード、速すぎ!」

コルコフが門を通り抜けて、足をザザッとすべらせ、SUVの運転手側のドアの前に止まった。車内灯がともる。

レミが二発、発射した。SUVのクォーターパネルに当たって火花が散ったが、タイヤには命中しなかった。「速すぎる!」レミが大声で言った。

「フロントグラスだ!　撃ち砕け!」

レミは四度引き金を引き、銃口がオレンジ色の火を吐いた。ＳＵＶのフロントグラスに蜘蛛の巣状の穴が三つ開いていた。

「おみごと！」

コルコフがとつぜん車の前へ回り、しゃがみこんだ。両手で握った銃が持ち上がる。サムはハンドルを思いきり左へ切った。ランチアの後尾がぐるっと回って、濡れた草のなかでフロントタイヤが空回りし、最後にまた足がかりを得た。コルコフの銃弾がトランクに命中し、車内にビシッ、ビシッと金属的な音が響きわたった。サムはふたたびアクセルを踏んで車をまっすぐ立てなおし、丘に向かって牧草地へ突っこんだ。

「みんな、無事か？」サムがたずねた。

ウンベルトが前の座席の上に顔をのぞかせ、「はい」と言って、またひっこんだ。レミはうなずいて、「ごめんなさい、タイヤははずしちゃった。スピードが速すぎて」

「心配するな。フロントグラスはとらえた。あれで向こうのスピードは鈍る。ガラスをぶち抜くか、横の窓から顔を出して運転しなくちゃならない」

レミが座席で体をひねると、コルコフと口髭がＳＵＶのボンネットに上がってフロントグラスを踏みつけていた。「前者だわ」と、彼女は言った。フロントグラスがなかなかへくずれ落ちる。コルコフと口髭がひざを折ってガラスを引っぱり出し、わきへ投げ捨てた。数秒後、ヘッドライトが点灯し、SUVが勢いよく発進した。牧草地へ驀進（ばくしん）する。

「来るわ。四輪駆動だから――」

「わかってる」サムがつぶやいた。「しっかりつかまっていろ！」

前輪が採鉱道路の轍（わだち）にはまり、ランチアが横に傾いた。サムは軽くブレーキを踏んで車輪を抜き、後輪が続くのを感じたところでまたアクセルを踏んだ。ランチアが猛然と丘を駆け上がる。道は想像以上に狭かった。幅はわずか二メートル。丘の頂に達すると周囲に木々が迫ってきて、大きな枝が車の側面をこすり、空をおおい隠した。SUVも丘の登りにかかった。後ろの窓からヘッドライトの光が打ち寄せる。

坂が下りになって、サムは速度を上げかけたが、すぐにブレーキを踏んだ。道が右にカーブして木々のさらに奥へ入っていく。後ろでSUVの鼻面が丘の頂を過ぎた。宙に浮いて、ドシンと路上に戻る。

「しくじるわ」レミが言った。

そのとおりだった。衝撃でまだ車体をはずませていたＳＵＶは、カーブを曲がりきれず、スリップして止まった。ボンネットが木々に埋もれていた。サムがバックミラーをちらっと見ると、ＳＵＶのブレーキ灯がともり、その直後、ランチアは別の下り坂に飛びこんだ。サムの目が前方の洗濯板のような轍をとらえ、「踏んばれ」と叫んだ。車輪がゴツンと音をたて、緩衝装置（ショックアブソーバー）が抗議の金切り声をあげる。ランチアは上下に揺れながらその区画を越え、また坂を上下して一直線の道に出た。サムはアクセルを踏んだ。木の枝がフロントグラスをたたき、松かさがボンネットと屋根を跳ねる。後ろにまたＳＵＶがやってきた。コルコフは洗濯板のような轍を無視した。ヘッドライトが激しく上下する。

　ＳＵＶはランチアより耐久性もパワーも上だが、車幅も六〇センチほど広い。それが彼らの不利に働いた。同じ場所を通っても、ランチアの場合は松の枝にたたかれただけですんだが、ＳＵＶのボンネットとフロントグラスが抜けた穴は徹底的に打ちのめされた。枝がボキッと折れてグリルから突き出し、フロントグラスのワイパーともつれあった。ヘッドライトががくがく揺れる。

「サム、危ない！」

　バックミラーから目を戻すと、大きな岩が迫っていた。思いきり右へハンドルを切り、ランチアを横すべりさせた。サム側の窓に岩が大きく迫ってきた。アクセルを踏むとランチアは勢いよく前進したが、間に合わなかった。バリバリッと音がして、後部のクォーターパネルが岩をかすめ、後部座席の横の窓が砕けた。衝撃で後尾がぐるっと回り、道路をはみ出して大きな枝の下に突っこむ。サイドバンパーが幹にぶつかり、車はがくんと停止した。エンジンがプスプス音をたてて止まった。

フロントグラスにどっと松葉が降りそそぐ。

「みんな、だいじょうぶか？」と、サムがたずねた。「レミ？」

「保証金(デポジット)が返ってこない」と、レミが言った。

「無事よ」

「だいじょうぶ」と、ウンベルト。

「ビアンコは？」

「まだまどろんでいます」

ＳＵＶのヘッドライトが木々のすきまを通ってくるのが、サムの側の窓から見えた。彼はイグニションを回した。反応がない。

「ギアが入ったままよ」レミが指摘した。

「くそっ。感謝」

シフトをパーキングに入れ、再度イグニションを回した。ブオンと鈍い音がして、息切れのような音がしたが、エンジンはかからない。もういちど試みた。

「しっかりしろ、頼むから……」

SUVが直線の半分くらいにさしかかった。大きな岩に近づいてくる。

ランチアのエンジンがかかり、回転数が上がったが、咳きこむような音をたててまた止まった。

「時間がないわ、サム」レミが歯ぎしりする。

サムは目を閉じてすばやく祈りを唱え、もういちど試した。エンジンがかかった。ドライブにシフトして右へハンドルを切り、アクセルを踏んで道路に戻る。

「ウンベルト、やつらのスピードを鈍らせろ」

「よし！」

ウンベルトは窓からルガーを突き出して二度引き金を引き、さらに二度引いた。弾がグリルにめりこみ、運転手側のヘッドライトを粉砕した。SUVの方向が左にそれて、まっすぐ大岩に向かい、そのあとパッと右にかわした。サイドミラーが岩をこすって砕け、跳ねて闇のなかへ消えた。

SUVのライトがランチアの車内に充満する。サムは目を細め、バックミラーをたたいて角度を変えた。肩越しにさっと振り向くと、割れたフロントグラスの向こうから銃を持った手が突き出していた。

「伏せろ、下へ！」と、彼は叫んだ。レミが床板へすべりこむ。

ＳＵＶから銃声がとどろき、暗い車内から銃口が火を噴いた。ウンベルトが座席の上から頭を突き出して、「減速させる」と言い、ルガーを手に横の窓から身をのりだした。

「いかん、やめろ！」

さらに二発。ウンベルトが叫び声をあげ、車のなかに転げ戻った。「やられた！」

「どこだ？」

「前腕だ！　だいじょうぶ」彼はあえぎながら言った。

「ちきしょう」サムがつぶやいた。「踏んばれ！」

二秒ほどぐっとブレーキを踏んで、そのあとまたアクセルを踏んだ。ＳＵＶがスリップして急ハンドルを切り、ランチアのバンパーにぶつかった。サムが絶妙のタイミングで激突の直前にアクセルを踏む。ＳＵＶの前へぐんと出た。五メートル……一〇メートル……車体四つぶん。

「うわっ！」

両側からだしぬけに木々が消えた。

レミがぱっと頭を上に突き出した。「うそっ！」

車輪が土の山にドンと乗っかり、ランチアは宙を飛んだ。フロントグラスの向こうから風景が消える。ふたたび着地して車体がはずんだ。タイヤが砂利をはね散らす。

「路肩！」と、レミが叫んだ。

「わかってる」とサムは答え、左にハンドルを切った。ランチアの後部が横すべりした。サムはすこし右へハンドルを切って修正し、車体をまっすぐ立てなおした。レミ側の窓の外で、大きな石をちりばめた盛り土が一〇〇メートルくらい下の谷へ転落していった。

エンジンがうなりをあげて、コルコフのSUVが土の山を飛び越え、道路に勢いよく着地した。

「あれじゃだめよ」と、レミが言った。

「そう願おう」

SUVもスリップしたが、コルコフは修正しすぎた。助手席側の後部タイヤが路肩の石のなかへ突っこんでバリバリ音をたて、ずずっと縁を越えた。勢いでシャーシの後ろ三分の一が土をこすり、断崖の端の向こうに出て、一部宙吊りになったところで止まった。

サムはアクセルから足を離して、ランチアをゆっくり停止させた。一五メートルくらい後ろでSUVが道路の端を支点にシーソーをしていた。圧迫された金属がたてるリズミカルな小さいうめきを別にすれば、あたりはしんと静まり返っていた。

レミがまっすぐ体を起こして、周囲を見まわした。

「気をつけろ」サムがささやいた。

「助けてあげる?」彼女がたずねた。

SUVの暗い車内から手が現われ、フロントグラスのワイパーをつかんだ。運転台から銃口がパッとひらめいた。

弾はランチアのバンパーにビシッとめりこんだ。

「勝手にしやがれだ」とサムは言い、アクセルを踏んだ。

「いまのはあなたへの感謝のしるしね」レミが言った。「谷底へ突き落としてやることもできたんだから」

「そうしておけばよかったと思うことになりそうな気がする」

28

フランス、マルセイユ 〈グランドホテル・ボーヴォー・ヴィユー・ポール〉

サムがホテルのボーイにチップを渡して、部屋のドアを閉めると同時に、レミはiＰｈｏｎｅに電話番号を打ちこんでいた。ひとつ目の呼び出し音でセルマは出た。

「ご無事ですか、ミセス・ファーゴ？」

「無事よ」レミはそう答えてベッドに腰かけ、蹴りつけるようにして靴を脱いだ。

「どうしてわたしたちがマルセイユにいるのか、教えてくれる？」

彼らは断崖でシーソーをしているコルコフと口髭の相棒を置き去りにすると、ランチアに出せる最大限の速度でニスポルトへ向かった。ウンベルトは自分のシャツで前腕をくるみ、衛星電話で彼のいとこにいまから行くと前もって連絡した。

ニスポルトは人口二、三百の村で、ポルトフェッライオから海岸を一五キロほど走ったV字形の入り江の片隅にあった。彼らが着くと、ウンベルトの妻のテレサと彼のいとこたち——全部で五人——が裏口で待っていた。テレサがウンベルトの傷の手当てをするあいだに——骨や動脈には達していなかった——いとこたちが、すでに意識を取り戻していたビアンコをガレージに押しこんだ。いとこたちの母親であり、ウンベルトの叔母にあたるブルネラが、サムとレミを家のなかに招いて、まっすぐキッチンテーブルに案内し、そこでふたりにタマネギとケイパーとオリーブ入りのレッドソースで和えた自家製パスタをふるまった。三十分後、腕に包帯を巻いたウンベルトが現われた。

「危ない目にあわせてしまった」と、サムが言った。

「とんでもない。わたしが名誉を取り戻すのに力を貸していただいたんです。父が生きていたら誇りに思ったでしょう」

「わたしもそう思うわ」とレミが言い、体を折って彼の頬にキスをした。「ありがとう」

サムがたずねた。「ビアンコをどうする気か、訊いてもいいかな?」

「この島とコルシカでは、こいつはアンタッチャブルです。しかし本土なら……」ウンベルトはひょいと肩をすくめた。「何本か電話をかけます。物的かどうかに関係なく、しかるべき証拠があれば、国家治安警察隊（カラビニエリ）は喜んでこいつを逮捕するでしょう。もう片方、こいつの相棒ですが……あいつは臆病者です。わたしたちの身に危険はありません、ご友人。さあ、食事をすませてください。あなたがたが島を出られるよう手配します」

　ボンダルクの影響力とコルコフの周到さを考えると、マリーナ・ディ・カンポ空港は危険すぎるから、漁船の貸し出し業を営んでいるウンベルトのいとこのエルメーテの力を借りて、船でイタリア本土のピオンビーノに送り届けてもらった。そこからフィレンツェに戻り、〈パラッツォ・マニャーニ・フェローニ〉に宿泊の手続きをしてセルマに電話をすると、彼女は、ローランの符合表（コードブック）に載っていた記号を電子メールで送るように頼み、そのあとまっすぐマルセイユに向かうよう指示をした。翌朝、彼らはコードブックそのものを翌日着の宅配封筒でサンディエゴに送り、空港に向かった。

「どうしてこんな謎めかしたことを？」と、レミがセルマにたずねた。サムはベッドに腰をおろし、レミが電話をスピーカーフォンに切り替えた。

「謎めかしたわけではありません」セルマが答えた。「たしかに細かい説明はしませんでしたが、いずれにしても、おふたりはマルセイユに行くとおっしゃったはずですから。ところで、ピートとウェンディがいま記号(シンボル)に取り組んでいます。興味深い代物ですが、コードブックの状態に大きな問題が――」

サムが言った。「セルマ」

「あ、すみません。UM‐77船長のヴォルフガング・ミュラーをご記憶ですか? 彼が見つかりました」

「彼が? それってつまり――」

「はい、まだ存命なんです。足を使った調査がたくさん必要になりましたが、彼はロートリンゲンが拿捕されたときそこに乗っていたんです。戦争が終わると、マルセイユ経由でドイツに送還されることになりました。彼はマルセイユで船を降りますが、鉄道で本国へ帰らなかった。マルセイユで孫娘と暮らしているんです。住所もわかりました……」

翌朝、ふたりは目をさますと、バイイ・ド・シュフラン通りを二、三ブロック行ったところにある〈ル・カプリ〉というカフェまで歩いた。この店からはヴィユー・ポール、つまり〝旧港〟が見晴らせた。形も大きさもさまざまな帆船がひしめき、沖に向かって吹くそよ風に帆が踊っていた。海面に明るい朝の陽光がきらめいている。港の入口の南北に走る海岸線からそびえているのは、サン・ジャン要塞とサン・ニコラ要塞。その上の丘の中腹には、サン・ヴィクトール修道院とサン・ヴァンサン・ド・ポール教会とサン・カトリーヌ教会があった。さらに外のマルセイユ湾には、四つの島から成るフリウル諸島がある。

サムとレミは三度いっしょにマルセイユを訪れていた。最後に訪れたのは二、三年前、この海岸線をカマルグへおもむく途中だった。毎年五月、東西ヨーロッパから二万人ほどのロマ族が集まる巡礼の地だ。

ふたりは朝食をすませると、タクシーを呼び止め、運転手にパニエの住所を見せた。パニエは中世風の建物が集合した地区で、市庁舎と旧慈善院（ヴィエイユ・シャリテ）のあいだにパステルカラーの家々がぎっしり詰まっている。ヴォルフガング・ミュラーはコルデーユ通りの白い鎧戸がついたバター・イエローの二階建てアパルトマンに暮らしていた。ふたりがノックすると、二十代のなかばと思われるブロンドの髪の女が応じた。

「こんにちは（ボンジュール）」サムが言った。

「ボンジュール」

「英語は話せます（パルレ・ヴ・アングレ）？」

「はい」

サムが自分とレミの自己紹介をした。「ムッシュ・ミュラーにお会いしたいのですが。ご在宅でしょうか？」

「ええ、もちろん。どういうご用件か、お訊きしていいですか？」

これについて彼らはすでに検討をすませ、正直に話すのがいちばんいいと判断していた。レミが答えた。「UM‐77とロートリンゲンについて、お聞きしたいのです」

女はすっと目を細め、わずかに首を傾げた。どうやら祖父から戦争時の話を聞かされているらしい。「ちょっとお待ちください」彼女はドアを開けたまま廊下を進み、角を曲がって消えた。抑えた声がしばらく聞こえ、そのあと女がふたたび現われた。「どうぞ、お入りになって。わたしはモニークと言います。こちらへ」

彼女はふたりを居間へ案内し、そこの揺り椅子にミュラーはすわっていた。前のテレビ画面には、小さな音でフランス版のお天気チャンネルが流れていた。ミュラーは灰色のカーディガンを着て、のど元までボタンを止め、ひざに青と黄色のアーガイル柄の毛布をかけていた。頭には一本の毛もなく、顔はしわだらけだ。ミュラーはおだやかな青い目でふたりを見た。

「おはよう」彼はおどろくほど力強い声で言った。震える手で向かいにある花柄のカウチを示す。「どうぞ。コーヒーはいかがです?」

「いえ、おかまいなく」と、レミが答えた。

「モニークの話では、イルサを見つけたとか」

「イルサ?」サムが訊き返した。

「わたしが77につけた名前です。妻にちなんでね。わたしたちがブレーマーハーフェンを出発した二、三カ月後、彼女はドレスデンで亡くなりまして。ラム島（キー）の洞窟で彼女を見つけたんですか?」

レミがうなずいた。「ある調査をしていたところ、あそこの入口に出くわしまして。その底にありました。ほとんど損なわれていない状態で」

「まだあそこに?」

サムが微笑んだ。「ああ、いえ、いまはありません。ちょっと……問題がありまして。あれを、その、救命いかだに使わせてもらったもので」

「話がわからない」

「正面の入口が崩落しまして。わたしたちは77に――」

「イルサに」

「イルサに乗って、地下河川を進み、別の洞窟から外に脱出しました」

ミュラーが目を大きく見開いて微笑んだ。「そいつはびっくりだ。うれしいよ。彼女を役立ててもらえて」

「アメリカに運びこむよう手配をしておきました。ご希望なら、こちらへお届け――」

ミュラーは首を横に振っていた。「せっかくのご親切だが、その必要はない。保管して、大事にしてやってほしい」彼は笑顔で指を振った。「その話をするためだけに、わざわざここまで来たとは思えないが」

「UM‐34も見つけました」

これを聞いてミュラーは身をのりだした。「マンフレッドは？」

「ベーム船長はまだなかにいらっしゃいました」サムは潜水艦を発見した経緯を、ボンダルクやコルコフは抜きで語って聞かせた。「いま当局が回収しているところです」

「なんてことだ（マイン・ゴット）……。われわれはいつも天気を心配していた。ああいう船は大海向きではないので」ミュラーの目が十秒ほど遠くを見、それからまばたきをして、またふたりに焦点を合わせた。「マンフレッドとはいい友人だった。どうなったのかまったくわからず、ずっと胸を痛めていた。礼を言う」

「きょうおじゃましたのは、ワインのことです」と、レミが言った。

「ワイン？　ああ、あのボトルか……うん、任務が終了したら、あれで祝杯をあげるつもりだった。つまり、あれも生き延びたということかね？」

レミがうなずいた。「一本は34に、一本はイルサにありました」

「もう一本は？　それも見つけたのかね？　ふたつの任務のうちでもマンフレッドのほうが大変だったから、彼に二本あげたんだ」

「潜水艦の眠っていた場所の近くに破片がありました。なぜ潜水艦の外に出たのかはわかりません」

ミュラーは手を振って見せた。「戦争の気まぐれというやつだ」

「単なる好奇心でお訊きするのですが」サムが言った。「あなたがたの任務について教えていただけませんか？　あなたとベームはどんな任務を果たそうとしていたんでしょう？」

ミュラーは眉をひそめて考えた。しばらくして彼は言った。「もうかまわんか……。じっさい、ばかげた仕事だった、かの総統（フューラー）が仕組んだ。マンフレッドはチェサピーク湾からノーフォークの海軍基地を攻撃することになっていた。同時にわたしはチャールストンの弾薬庫を攻撃することになっていたが、イルサのスクリューが故障して、われわれは出遅れた。再装備（リフィット）がすまないうちにブレーマーハーフェンに呼び戻されたんだ。あとは、あなたがたもご存じだろう。ロートリンゲンやらなにやらのことは」

「あなたがラム島に立ち寄ったのは、再装備のためですね？　どういうものでした？」

「航続距離を延ばすために、バッテリーを大きくしようとしてな。これもばかげた計画だ。マンフレッドもわたしも、あの任務は自殺行為とわかっていた」

「でしたら、なぜ志願を？」

ミュラーは肩をすくめた。「義務感だな。若気の至りだ。ふたりともヒトラーや党のことは好かなかったが、それでもわれわれの母国だ。自分にできることをしたかった」

「あのボトルのことで、もうすこしお話をうかがえるとうれしいのですが」と、レミが言った。「元々はどこにあったものなんでしょう？」

「なぜそんなことを？」

「わたしたち、蒐集家(コレクター)なんです。あれはとても古くて、とてもめずらしいものだったんです」

ミュラーはくっくっと笑った。「全然知らなかった。まあ、値打ちものと見当がついてもおかしくはなかったか。ブレーマーハーフェンを出発する前に兄のカールからもらったものでね。こっちで発見したものだと、兄は言っていた。兄は陸軍にいて、占領軍に所属していたので」

「どこで見つけたか、正確な場所はわかりませんか？」

「ちょっと考えさせてくれ……」ミュラーは頭をポリポリ掻いた。「昔に比べると記憶力も落ちていて。城だったか……いや、城じゃない。要塞だったか」彼はいらだたしげにためいきをついて、そのあとぱっと目を輝かせた。「湾のなかにある島のひとつだ……デュマの例の本を覚えているかね――『モンテ・クリスト伯』を？」

サムもレミも読んでいた。たちまちふたりとも、ミュラーがどこの話をしているのかわかった。「イフ島ですか？」

「そう！　そのとおり。兄があれを見つけたのはイフ城だった」

29

フランス、イフ城

マルセイユのことは大好きでも、フリウル諸島とイフ城を旅程に組みこんだことはこれまでなかった。その晩、サムとレミは、この見過ごしを個人旅行で取り返す計画を立てた。城のスタッフが島を隅々まで探検させてくれるかどうかは疑わしい。何を探せばいいかも、それが出てきたときにそれとわかるかどうかもわからなかったが、次の一歩としてこの探検は道理にかなっている気がした。

ふたりはミュラーのアパルトマンからタクシーで、フリウル諸島を見晴らす臨海地区のマルムスクに向かい、静かなカフェを見つけた。パラソルの下に腰を落ち着け、ダブルのエスプレッソをふたつ注文した。

一・五キロほど沖にイフ城が見えた。あせた黄土色の岩の塊があり、その手前に傾斜した崖と垂直の塁壁と石のアーチがあった。

島の面積はわずか三ヘクタールほど。城の敷地となると、さらに小さい。一辺三〇メートル弱の正方形だ。主要な建物は三階建てで、てっぺんの銃眼がついた筒形の砲塔が三面を守っている。

イフ城はフランソワ一世の命令により、海からの攻撃から街を守るべく、一五二〇年代に要塞として産声をあげたが、フランスの政敵や宗教的な敵を収容する監獄に改造され、要塞としての役割は短命に終わった。サンフランシスコのアルカトラズ島とよく似た感じで、その立地と危険な海流により、イフ城からの脱出は不可能というのが定評になった。その主張は――少なくとも小説のうえでは――アレクサンドル・デュマの『モンテ・クリスト伯』によって打ち砕かれる。主人公のエドモン・ダンテスが投獄から十四年後に脱出に成功した。

サムはヴィユー・ポールのツアーデスクで手に入れたパンフレットを読み上げた。

「〝海よりも黒く、空よりも黒く、幽霊のように大理石の巨人はそびえ、その出っ張ったゴツゴツの岩は獲物をつかまんと伸ばされた腕のごとく〟。ダンテスはあそこをそう描写している」

「ここから見ると、そんなにひどくは思えないけど」

「十四年間、地下牢に閉じこめられてみろ」

「たしかに。ほかには？」

「監獄の運営は、厳格な階級構造に支配されていた。裕福な収容者は金に物を言わせて、窓と暖炉がついた上層の独房に入ることができた。貧しい者は地下牢や土牢に入れられた。この土牢は……」

「〝忘れる〟という意味のウーブリエから派生した言葉ね。基本的には、地下牢の床に竪穴を掘って跳ね上げ戸をつけたもの」フランス語もサムよりレミのほうが上だった。「いちど入れば、あとは忘れ去られる。あとは朽ち果てるだけ」

　電話が鳴って、サムが応答した。セルマからだった。「ミスター・ファーゴ、わかったことがあります」

「聞こう」と、サムは言った。レミにも聞こえるよう、スピーカーフォンに切り替える。

「ボトルにあったシンボルの最初の二列が解読できました。でもそれだけです」と、セルマは話しはじめた。「残りの行にはまだ時間がかかりそうです。何かのカギが足りないみたいで。とにかく、その二行から謎が現われました。

カペーの愚行、セバスチアンの啓示。大砲の見下ろす都市

忘れ去られし者の第三の領域から、永遠の冥土は衰えゆく

わたしたちはこの解読に取り組んでいて「それはイフ城のことだ」

「もうすんだ」と、サムが宣言した。「それはイフ城のことだ」

「なんですって?」

サムはヴォルフガング・ミュラーから聞いた話をセルマに語って聞かせた。「彼の兄はその要塞であのボトルを見つけたんだ。すでに答えは出た。そこから逆にたどればいい。〝カペー〟はフランス王フランソワ一世の家系、カペー朝のこと。このフランソワ一世なんだ、要塞を建てさせたのは。〝セバスチアン〟は、この要塞は役に立たないと政府に進言したヴォーバンという土木技師の名前だ。どうしたことか、建築士たちは重厚無比の砦と狭間胸壁を大海原や侵略してきそうな敵ではなく、街と向きあわせた。〝大砲の見下ろす都市〟だ」

「おみごとです、ミスター・ファーゴ」

「パンフレットにそう書いてある。二行目はよくわからない」

「わたし、わかったかも」と、レミが言った。「ヘブライ語では、〝冥土〟は〝死者の住むところ〟、つまりあの世のことよ。その反対語——永遠の冥土——は、永遠の命のこと。ボトルにあったセミのシンボルを覚えている……？」

　サムがうなずいていた。「ナポレオンの紋章にあったものだ。再生と不死を象徴する。では、もう片方……〝忘れられし者の第三の領域〟は？」

「それはフランス版の地下牢、土牢（ウーブリエット）のことね。わたしたちの解釈が正しければ、城の地下のどこかでセミが見つけてくれるのを待っているわ。だけど、いったいどうしてこんな判じ物を？」レミが考えをめぐらせた。「どうしてただ、〝ここへ行って、これを見つけろ〟じゃないの？」

「そこがじつに興味深いところです」セルマが答えた。「ここまでに翻訳できたところでは、ローランの本は一部が日記、一部が暗号解読のカギになっています。ボトルそのものは真の獲物ではないと明確に書かれていました。ボトルは〝地図の矢じるし〟という表現があって」

「何を指し示す矢じるしなの？」レミがたずねた。「それに、誰がたどるためのものの？」

「そこには触れていません。翻訳が完了したら、もうすこしわかってくると思います」

サムが言った。「まあ、ローランがナポレオンの命令を受けてこの暗号を作ったのは明らかなようだし、ボトルを隠すのにここまで手間をかけている以上、地図の最終地点がなんであれ、あっと言わせるものにちがいない」

「それなら、ボンダルクが人殺しも辞さない理由にも説明がつきそうね」と、レミが返答した。

彼らはさらに何分か話をして、電話を切った。

「あらら」とレミが口の端から言って、目で場所を示した。「見て、誰かさんよ」

サムが振り向いた。コルコフが中庭を横切って彼らのほうへ向かってくる。コルコフは上着のポケットに両手を突っこんでいた。サムとレミは気を引き締めて、動きだす準備をした。

「そう力むな。白昼、公衆の面前でふたりまとめて撃つような、愚かなまねをすると思うか?」コルコフがそう言って、ふたりの前で足を止めた。ポケットから両手を出し、上にあげて見せた。「武器は所持していない」

「あのちっちゃな衝突事故から脱出したのね」レミが言った。

コルコフは椅子を引いて、腰をおろした。

サムがそっけなく言った。「どうぞ」

「車をぶつけてあの縁からおれたちを落とすことも、簡単にできたはずだ」コルコフが言った。「なぜしなかった？」

「たしかに、その考えは頭に浮かんだ。むやみに銃を撃ちたがる仲間がいなかったら、どうなったかな」

「あれは悪かった。過剰反応だ、あいつのは」

「どうやってわたしたちを追跡してきたのか、説明してくれない？」

コルコフは微笑した。目は笑っていない。「なぜここへ来たのか、そっちから教えてはくれまいな？」

「そのとおりよ」

「どんな話を売りこむ気か知らないが、買う気はないぞ」サムが言った。「おまえの仲間は誘拐と拷問であやうくわれわれの友人を殺すところだったし、おまえはわれわれを二度殺そうとした。なぜここに来たのか言え」

「おれの雇い主が休戦を提案している。協力を」

レミが小さな笑い声をあげた。「当ててみましょうか。わたしたちの力を借りて目当てのものを見つけたら、すぐにわたしたちを殺して、それを奪い取る」

「はずれだ。力を合わせ、利益を分けあう。八対二で」

「こっちはこの先に何が待っているのかさえわかっていないんだ」と、サムが言った。

「大変な値打ちのあるものだ――歴史的にも、金銭的にも」

「ボンダルクはどっちに関心があるの？」と、レミがたずねた。

「それは彼の問題だ」

サムとレミは幻想をいだいていなかった。ボンダルクとコルコフの心づもりは彼女が予想したとおりだ。ボンダルクの真の動機がなんであれ、獲物がどんなものであれ、あのウクライナ人の手に渡すわけにはいかない。

コルコフが付け加えた。「そのなかには一族の遺産も含まれている、とだけ言っておこうか。あの男は、はるか昔に始まった仕事の仕上げをしようとしているだけだ。それを成し遂げるのに力を貸してくれたら、彼は相応の感謝をするだろう」

「断わる」と、サムが言った。

レミが付け加えた。「わたしたちに代わって伝えてちょうだい。くそ食らえって」

「考えなおしたほうがいい」コルコフが言った。「まわりを見ろ」

サムとレミは言われたとおりにした。中庭の反対側にコルコフの手下が三人立っていた。全員、ラム島の洞窟でおなじみの顔だ。

「悪党のそろい踏みか」サムが言った。

「いや、ちがう。もっといる。おまえたちがどこへ行こうと、おれたちはそこにいる。いずれ、おれたちは欲しいものを手に入れる。おまえたちが判断する必要があるのは、無事に生き延びたいかどうかだ」

「生き延びてみせるわ」と、レミが言った。

コルコフは肩をすくめた。「選ぶのはおまえたちだ。こっちにコードブックを持ってくるほどばかじゃあるまいな?」

「あたりまえだ」サムが答えた。「ホテルに置いてくるほどばかでもないが、探したければどうぞご自由に」

「それはもうすませた。すでにミセス・ワンドラシュの手に渡ったか」

「あるいは、貸し金庫のなかか」と、レミ。

「いや、ちがうな。いまスタッフに解読させているんだろう。ひょっとしたら、彼らのところへあいさつにいくかもな。この季節のサンディエゴは美しいと聞いた」

「幸運を祈る」サムは軽く言って無表情に努めた。

「セキュリティ・システムのことを言っているのか？」コルコフは手をそっけなく振った。「なんの障害にもならん」

「おれの経歴を知らないのか」と、サムが言った。

コルコフがためらった。「そうか、エンジニアだったな。警報システムに手を加えたわけだ？」

レミが付け加えた。「あれを突破できたとしても、なかに何があるかわからないわよ。あなたも言ってたけど、わたしたちはばかじゃないから」

コルコフが額にしわを寄せた。顔にちらっと不安がよぎったが、またすぐ消えた。

「いずれわかる。最後のチャンスだ、ミスター＆ミセス・ファーゴ。これが最後の忠告だぞ」

「もう返事はした」と、サムは答えた。

30

イフ城

　ホテルを出るしばらく前に小ぬか雨が降りはじめた。夜の十二時が近づいたいまも雨はしとしと降りつづけて、木々にパラパラと音をたて、コポコポと雨樋（あまどい）を流れ落ちていく。街灯のぼんやりとした黄色い光を受けて、通りはきらきら輝いていた。深夜の歩行者がそこかしこで傘を差し、あるいは折りたたんだ新聞紙をかぶって歩道を急いでいる。待合室に群れをなしてバスを待っている者たちもいた。

　サムとレミはホテルの向かいにある細い路地で、物陰からロビーのドアを見張っていた。

同じブロックのすこし先にグレイのシトロエン・クサラが止まっていた。暗い車内に人影がふたつ、かろうじて見分けられた。すこし前にホテルの部屋の窓からレミが運転手の顔を見た。マルムスクのカフェでコルコフといた男だ。周囲にほかに見張りがいるかどうかはわからないが、そう想定するのが最善とふたりは心得ていた。

午後にカフェでコルコフと決裂したあと、彼らは買い物をしたり名所を見物したりして、二、三時間マルムスクを散策した。コルコフの姿も手下の姿も見えなかったが、ホテルに戻りかけたとき、オートバイに乗ったふたりの男がタクシーの後ろについた。

コルコフの脅しを心外とばかりに跳ねつけはしたが、サムもレミも決してあれを軽視したわけではない。部屋に盗聴器を仕掛けられた可能性があるため、閑散としたホテルのバーに静かな片隅を見つけ、イリジウム衛星電話でルービン・ヘイウッドにかけた。ラングレーのCIA本部にはいなかったが、自宅で連絡がついた。

サムは電話をスピーカーフォンに切り替え、いまの状況と懸念について説明した。

ルービンが言った。「ロングビーチに知りあいがいる。かつて外交保安局(DSS)にいた男だ。いまは自分で会社を経営している。その男に話をし、自宅にふたりばかり送りこませようか？」

「そうしてくれたら感謝する」

「十分くれ」ルービンは五分後にかけなおしてきた。「手配はすんだ。二時間で着く。ＩＤを携行させるとセルマに伝えてくれ、コーザル・セキュリティ・グループの。ミセス・フレンチをお願いしますと言わせる」

「わかった」

「そろそろ手を引く潮時とは思わないか？」ルービンがたずねた。「ああいう手合いがどこまでやるか、よくわかっただろう。こんな危ない橋を渡る価値があるものなんて、どこにもないぞ」

「それが何かさえ、わたしたちはわかってないのよ」と、レミが言った。

「そういうことじゃない。きみたちのことが心配なんだ」

「気遣いには感謝するけど、ルーブ、今回は最後までやりとおすつもりよ」

ルービンはためいきをついた。「せめて、力にならせてくれ」

「というと？」と、サムがたずねた。

「コルコフのことをもういちど洗いなおしてみた。何年か前、あの男はチェチェンにいた。闇市場でＡＫ - 47密売人の橋渡し役をしていたようだ。あの男の名前を

〈テロリスト監視リスト〉にすべりこませるのは、それほど大変なことじゃない。二本ばかり電話をすれば、あいつをＤＣＰＪのレーダー網にかけられる」と、彼は言った。ＤＣＰＪは〈フランス司法警察中央局〉の略。ＦＢＩのフランス版だ。「逮捕できる根拠はなくても、あの男と仲間をしばらく足止めできるかもしれない」

「やってみてくれ。ひと息つく余裕をもらえたら助かる」

「問題は、ＤＣＰＪがあの男を見つけられるかどうかだ。やつの経歴からみて、簡単に見つかるとは思えない」

三時間後、ルービンからまた電話があった。ＤＣＪＰはコルコフを指名手配したが、何時間かはそれ以上のことはわかりそうにないとのことだった。フランスは情報の共有に用心深いんだ、と彼は言った。

「知りあいに、靴屋兼武器商人、グイドのフランス版はいないだろうな？」

「サム、フランスは銃規制法にきびしいんだ。未登録の銃を所持して捕まりたくないだろう。しかし、モーリスという男がいる……」

彼はサムに電話番号を教えて電話を切った。

レミは上着の襟を立てて寒さを防ぎ、傘の下でサムに体を寄せた。「ほかには誰も見えないわ」

「ぼくもだ。行くか？」

ふたりは最後にいちど周囲を見まわして、路地から足を踏み出し、歩道を進みはじめた。

サムがキャンプペリーで習得した初歩的な諜報術にしたがって、港の北の街路を一時間くらいそぞろ歩き、来た道を引き返し、いきなりカフェに入って、裏口から外へ出て、尾けられていないか様子をうかがった。誰もいないと確信すると、タクシーを呼び止め、運転手に旧港（ヴィユー・ポール）のロジェ通りを指示した。

貸しボート屋のマネジャーと約束したとおり、港の北西の片隅に全長五メートル強の灰色のミストラルが待っていた。基本的には、電話ボックスくらいのガラス張りの操舵室があるモーター付きのホエールボートだ。しかし船幅が広く、音が静かで信頼性の高いロンバルディ製のエンジンを搭載している。この船が目的にかなってくれますように、と彼らは願っていた。

サムはマネジャーがホテルに届けてくれた鍵で南京錠をかけた係船用の大綱をほどき、そのあいだにレミがエンジンをかけた。サムが飛び乗るとレミはスロットルを開き、港の入口へ船首を向けた。

十分後、船首前方に防波堤が現われた。後方では雨にけぶるマルセイユの街の灯が、さざ波を立てる水面に映っている。操舵室の風防を流れ落ちる水滴に負けじと、一本だけのワイパーがやわらかな音をたてていた。

操縦を受け持つレミのそばから、サムが言った。「コルコフの言ったことを考えていたんだが」彼はレミの表情を見て、すかさず言った。「例の申し出のことじゃない。ボンダルクの関心は別にあるという話だ。遺産だと言っていた。ボンダルクは大まじめだし、ひょっとしたら、答えはあの男の家系にあるかもしれないと思ったんだ」

「いい指摘ね」レミはそう言って、ミストラルの左舷にブイを下ろした。「セルマに調べてもらいましょう。あなた、考えなおそうなんて思ってないわよね？」

「きみが怖いと言わないかぎり」

レミは暗闇で微笑を浮かべ、操縦装置の緑色の照明がほのかに顔を照らしだした。

「わたしたち、もっとひどい状況だって切り抜けてきたもの」

「たとえば？」

「そうね、まず初めに、セネガルであなたがあの呪術師（シャーマン）を侮辱したとき――」

「いまの質問はなかったことにしてくれ」

三十分後、イフ島が見えてきた。船首の一キロ先の暗い海面から白い塊がそびえていた。城は五時半に閉まっている。夜空を背景に点滅している航海信号(ナヴィゲーション・ビーコン)ひとつを除いて、島は真っ暗だ。

「夜は快適そうじゃないわね」と、レミが言った。

「快適どころじゃない」

この時間外ツアーにそなえて、ボートを隠しておけそうな係留場所をグーグルアースで探しておいた。コルコフ一味が追ってきたときのためだけではない。マルセイユの港湾警備隊にも見つかりたくなかった。

レミがミストラルをすこし左へ寄せた。三十分かけて島をぐるりと一周し、ほかの船や人間がいる気配がないか調べた。なにも見えなかったので、船首を風下に落として向きを変え、北の海岸線を進んだ。前方に城のいちばん西の砲塔が見えてきた。最大の砲塔だ。その下に銃眼つきの胸壁がある。レミはその下の洞穴へ向かい、減速して、壁のふもとにミストラルをすっと停止させた。雨にかき回された水面を除けば、ここの水はおだやかだった。サムが錨を下ろし、鉤竿(ボートフック)でミストラルを岩に寄せる。レミが船尾の綱を手に舷側を飛び越えた。サムがその綱をバスケットボール大の岩の下に押しこむ。

手をとりあって壁づたいに慎重に進み、すべりやすい岩を次から次へと飛び移って、最後に衛星画像で見つけておいた、とりわけ背の高い岩にたどり着いた。サムがその上に登って、弓の射手が使った狭間胸壁の下に位置を定め、飛び上がって壁の出っ張りをつかんだ。懸垂で這い上がり、レミが上がるのに手を貸して、反対側へ下ろし、彼女のそばにぴょんと飛び下りた。

「建築の不備を神様に感謝」と、彼は言った。

砦が逆向きでなかったら、いまの作業には繰り出し梯子が必要になっただろう。

「誰もいないわ」レミが言った。「そっちは?」

サムは首を横に振った。この島のことを調べたとき、時間外勤務の見張りが雇われているという話は見つからなかったが、念には念を入れ、見張りがいるものと想定して作業を進めた。

レミが先に立ち、砲塔の湾曲した内壁をつたってそろそろ進むと、西側のまっすぐな壁が出てきて、そこを端まで進んだ。そばに石があった。一日じゅう太陽に温められたあと雨でずぶ濡れになり、チョークのようなにおいがした。レミが角の向こうをのぞきこむ。

「だいじょうぶ」と、彼女はささやいた。

サムのポケットでイリジウム衛星携帯電話が震動した。電話をとりだし、ささやき声で応答した。ループからだった。「よくない知らせだ、サム。ＤＣＰＪが捜索しているが、コルコフも手下も見つからない。自分のパスポートで入国したのはわかったが、ホテルにもレンタカー屋にも記録が残っていないんだ」

「偽のパスポートに切り替えたな」とサムが推測した。

「おそらく。つまり、やつはまだそっちにいる。気をつけろ」

「ありがとう、ループ。また連絡する」

サムは電話を切って、レミに話を伝えた。「これまで以上にまずいってわけじゃないわ。ちがう？」

「そのとおりだ」

ふたりは南の壁にそってまた進みはじめ、次の砲塔を回りこんで城の側面の入口にたどり着いた。建物どうしをつなぐアーチ形の屋根つき通路が中庭へ続いていた。

「動くな」サムがささやいた。「ゆっくり、すこしずつ、しゃがみこめ」ふたりはいっしょにひざを突いた。

「どうしたの?」レミがささやいた。

「まっすぐ前方」

広場の一〇〇メートルくらい向こうに、赤い屋根の家がふたつあった。左側のはJの字の先を切り取ったような形で、北の海岸線の壁に隣接している。軒下に四つの窓があった。薄闇のなかに黒い四角形が見える。一分ほどじっと待ち、さらに一分待った。三分が過ぎたところでレミがささやいた。「なにか見えたの?」

「そんな気がしたんだが。見まちがいかな。行こう」

「待って」レミがささやいた。「見まちがいじゃないわ。ほら、あの奥の隅」

レミが指差した先をサムは見た。目がとらえるのにしばらく時間を要したが、まちがいない。暗闇のなかに、男の白い面長の顔がかすかに見えた。

スパルタの黄金(おうごん)を探(さが)せ! 上

2010年3月25日　初版第1刷発行

著者	クライブ・カッスラー、グラント・ブラックウッド
訳者	棚橋志行(たなはししこう)
発行者	新田光敏
発行所	ソフトバンク クリエイティブ株式会社 〒107-0052　東京都港区赤坂4-13-13 電話03-5549-1201（営業部）
印刷・製本	中央精版印刷株式会社
デザイン	ヤマグチタカオ
イラスト	久保周史
フォーマット・デザイン	モリサキデザイン
本文組版	アーティザンカンパニー株式会社

落丁本、乱丁本は小社営業部にてお取り替えいたします。
定価は、カバーに記載されております。
本書に関するご質問は、小社ソフトバンク文庫編集部まで書面にてお願いいたします。

　ISBN 978-4-7973-5853-7